Inhalt

Kochbuch für Anfänger, Studenten und Berufstätige

299 leckere und schnelle Rezepte für jeden Tag. Frühstück, Hauptspeisen, Suppen, Snack, Desserts und vieles mehr.

Andreas Reutners

Da weißt du, was du hast

Zugegeben – der Alltag kann manches Mal ziemlich anstrengend sein. Vor allem in den Wintermonaten kommen wir meist erst nach Hause, wenn es draußen schon sehr dunkel ist. Dass du nach einem achtstündigen Arbeitstag und darauffolgenden privaten Terminen oder nach ermüdenden Vorlesungen an der Uni nicht noch Lust hast, lange am Herd zu stehen und die Küche anschließend auch wieder auf Vordermann zu bringen, ist vollkommen verständlich. Vielleicht hast du auch die nötige Zeit, weißt allerdings nicht, wie du das eigene Kochen zu Hause anstellen sollst, da du bisher immer nur lecker bekocht worden bist. Welche Gründe auch immer dazu führen, dass du erst jetzt eine super Hobby-Köchin oder ein prima Hobby-Koch werden möchtest, es ist jetzt der Beginn dafür! Denn mit diesem Kochbuch für Studierende, Anfänger und Berufstätige geht dir das eigene Kochen bald leicht von der Hand!

Natürlich musst du auch nach dem Kochen deine Küche reinigen und das Geschirr spülen, aber die Zubereitung deiner eigenen Gerichte wird bald im Vordergrund stehen, weshalb dir die Vor- und Nachbereitung bald kein Kopfzerbrechen mehr bereitet. Schluss mit Fertigpizza, Tiefkühlaufläufen und Dönertaschen vom Laden um die Ecke! Mit diesem Kochbuch stellst du Gerichte her, bei denen du selbst entscheiden kannst, welche Zutaten du einsetzen möchtest. In Zukunft kannst du Freunde, Bekannte oder auch deine Familienmitglieder lecker selbst bekochen.

Nicht nur das eigene Kochen wird dir in Zukunft viel Freude bereiten, du lernst zudem viele regionale und saisonale Produkte kennen, du wirst Preise vergleichen und deine finanziellen Ausgaben für Lebensmittel besser im Blick halten. Selbst kochen muss nämlich nicht immer teuer oder zeitaufwendig sein. Einige unserer Gerichte lassen sich genauso schnell fertigstellen wie ein herkömmliches Nudelgericht.

Das Auge isst bekanntlich mit. Diesen Satz hast du sicher schon einige Male gehört. Deswegen solltest du deine Gerichte immer nett anrichten. Beispielsweise kannst du diese mit frischen Kräutern verfeinern bzw. verzieren. So schmecken die Gerichte nicht nur besser, sondern sie sehen zudem auch super aus. Auch wenn du mit dem Thema „Dekoration“ nicht viel am Hut hast, kannst du deinen Ess- oder Küchentisch mit einfachen Tricks im Nu verschönern. Zünde vor dem Essen eine Kerze an oder platziere farbenfrohe Servietten auf deinen Tellern – so sorgst du neben deinen liebevoll angerichteten Speisen ebenfalls für einen Hingucker fernab deiner leckeren Gerichte. In einem schönen Ambiente lässt es sich doch viel besser verweilen!

Wusstest du eigentlich, dass deine Eltern oder deine Großeltern nicht die Möglichkeit hatten, nahezu jedes Gericht, auf welches sie auch immer gerade Appetit hatten, beinahe rund um die Uhr irgendwo bestellen oder abholen zu können? Es gab früher nur sehr wenige Restaurants und die Lokale, die es gab, konnten nur von Menschen besucht werden, die das dafür nötige Kleingeld von ihrem regulären Haushaltsgeld abzwacken konnten. In solch einer Lage waren damals nur sehr wenige Menschen. Essen gehen war in der damaligen Zeit also eine Luxus-Angelegenheit. Das eigene Kochen war schon damals kostengünstiger und zudem konnte man von zu Hause aus auch größere Mengen zubereiten, die für mehrere Tage ausreichten, sodass die ganze Familie ein paar Tage davon zehren konnte. Weggeworfen wurde damals auch noch nicht so viel wie heutzutage. Jede noch so kleine essbare Zutat wurde in irgendeiner Form verwertet.

Nutze deine gut eingerichtete Küche bei dir zu Hause ausgiebig, gehe nachhaltig mit den von dir gekauften Lebensmitteln um und ernähre dich in Zukunft gesünder, denn mit Gerichten, die du rasch und einfach selbst zubereitest, wirst du weniger Zucker und ungesunde Fette zu dir nehmen. Also…

Guten Appetit!

Frühstück

Graubrot mit Speck

Zutaten für 1 Portion:
Senf / 1 große Scheibe Graubrot / 1 Gewürzgurke / Butter / 1 Zwiebel / 3 schmale Scheiben Speck

Zubereitung:
1. Die Brotscheibe mit Butter bestreichen. Den Speck auf dem Brot verteilen. Darüber den Senf streichen.
2. Die Zwiebel schälen und in Ringe schneiden. Die Gewürzgurke in Scheiben schneiden.
3. Beides auf den Speck geben und servieren.

Spiegeleibrot

Zutaten für 1 Portion:
1 Ei / 1 Scheibe Brot / 1 Bratenscheibe Rinder-, Schweine- oder Putenfleisch / Butter / Salz / Pfeffer

Zubereitung:
1. Zuerst das Brot mit Butter bestreichen. Danach die kalte Bratenscheibe darauflegen. Diese mit Salz und Pfeffer würzen.
2. In einer Pfanne das Ei zu einem Spiegelei zubereiten. Das fertige Spiegelei auf das belegte Brot geben.

Frischkäse-Radieschen-Stulle

Zutaten für 1 Portion:
2 Scheiben Kürbiskernbrot / ¼ Beet Kresse / 100 g körniger Frischkäse / ½ Bund Radieschen

Zubereitung:
1. Den Frischkäse auf die Brote streichen. Die Radieschen waschen und in Scheiben schneiden. Die Kresse waschen.
2. Die Radieschen auf dem Frischkäse verteilen und darüber die Kresse streuen. Die Stullen anrichten und servieren.

Camembert auf Knäckebrot

Zutaten für 1 Portion:
Pfeffer / ½ runder Camembert / 2 TL Halbfettmargarine / 4 Radieschen / 1 Scheibe Sesam-Knäckebrot / 6 Pflänzchen Feldsalat / 1 Scheibe Roggen-Knäckebrot

Zubereitung:
1. Zuerst den Camembert in Streifen schneiden. Die Radieschen waschen und in Scheiben schneiden. Den Feldsalat waschen.
2. Das Knäckebrot mit der Margarine bestreichen und den Camembert sowie die Radieschen abwechselnd auf das Knäckebrot legen.
3. Zum Schluss den Feldsalat und etwas Pfeffer darüber geben und servieren.

Käse-Pumpernickel

Zutaten für 1 Portion:
2 Scheiben Pumpernickel / ½ runder Camembert / einige Blätter Rucola / 1 EL Halbfettmargarine / 1 TL Schnittlauchröllchen / ½ Zwiebel / Pfeffer / 2 Oliven mit Paprika gefüllt

Zubereitung:
1. Zuerst den Camembert klein schneiden und anschließend mit der Gabel zerdrücken. Darunter die Margarine mischen. Die Zwiebel schälen und hacken. Die gefüllten Oliven ebenfalls hacken. Beides zu dem Camembert geben und verrühren.
2. Die Käse-Mischung mit Pfeffer sowie Schnittlauch würzen. Den Rucola waschen.
3. Die Pumpernickel-Scheiben mit der Camembert-Masse bestreichen und den Rucola darüber geben.

Schinken-Brötchen

Zutaten für 1 Portion:
Pfeffer / 1 Roggen-Vollkornbrötchen / 2 dünne Scheiben roher Schinken / 1 TL Halbfettmargarine / 1 Gewürzgurke / 2 grüne Salatblätter

Zubereitung:
1. Das Brötchen aufschneiden und beide Hälften mit der Margarine bestreichen. Den Salat waschen. Die Gurke in Scheiben schneiden.
2. Den Salat sowie die Gurkenscheiben auf die Brötchenhälften verteilen und je eine Scheibe Schinken darauf legen. Über den Schinken Pfeffer streuen und servieren.

Tofu-Zucchini-Sandwich

Zutaten für 1 Portion:
Basilikumblätter / ½ Ei / Kräutersalz / 1 Scheibe Tofu / 1 Salatblatt / ½ EL Mehl / Butter / Paniermehl / 1 Ciabatta-Brötchen / 2 EL Olivenöl / 50 g Zucchini

Zubereitung:

1. Das Ei verquirlen. Den Tofu halbieren. Diesen in dem Mehl und anschließend in der Eiermasse wenden. Zum Schluss den Tofu mit Paniermehl bedecken. Öl in einer Pfanne erhitzen und den Tofu von beiden Seiten anbraten.
2. Die Zucchini waschen und in Streifen schneiden. Wasser aufkochen und die Zucchini darin blanchieren. Danach abschrecken und abtropfen lassen. Das Brötchen aufschneiden und die Hälften mit der Butter bestreichen.
3. Den Salat auf die Brötchen-Hälften geben und den Tofu darauf legen. Über den Tofu die Zucchini-Streifen verteilen und mit dem Kräutersalz bestreuen. Das Basilikum waschen und die Brötchen vor dem Servieren damit garnieren.

Ziegenkäse-Brot

Zutaten für 1 Portion:
1 bis 2 TL Kürbiskernöl / 2 Scheiben Graubrot / 1 TL Schnittlauchröllchen / 75 g Ziegenfrischkäse / 1 Radieschen / 40 g Crème fraîche / Salz / Paprikapulver / Pfeffer

Zubereitung:

1. Die Brotscheiben halbieren und toasten. Die Crème fraîche mit dem Ziegenfrischkäse, Paprikapulver, Salz und Pfeffer verrühren. Die Creme auf die Brotscheiben verteilen.
2. Die Radieschen waschen und in Scheiben schneiden. Diese über die Frischkäse-Creme geben und mit dem Schnittlauch bestreuen. Danach mit etwas Kürbiskernöl garnieren.

Rührei mit Champignons

Zutaten für 1 Portion:
10 g Halbfettmargarine / 5 g Olivenöl / 45 g Leinsamenbrot / 50 g Champignonscheiben / Pfeffer / 2 Eier / Salz / 1 EL Mineralwasser

Zubereitung:
1. Olivenöl in einer Pfanne erhitzen und die Pilze darin dünsten. Das Ei mit Mineralwasser verquirlen. Das Ei mit Salz und Pfeffer würzen.
2. Die Champignons zu dem Ei geben und unter Rühren stocken lassen. Das Brot toasten und mit der Margarine bestreichen.
3. Das Rührei auf das Brot geben und servieren.

Schinken-Eier-Toast

Zutaten für 1 Portion:
Salz / 1 Scheibe Kochschinken / 1 Ei / 1 Tomate / 2 Scheiben Toast

Zubereitung:
1. Die Toastbrotscheiben toasten. Den Kochschinken in Streifen schneiden. Die Tomaten waschen und in Scheiben schneiden.
2. Das Ei aufschlagen und mit Salz schaumig rühren. Eine Pfanne erhitzen und den Schinken darin anbraten. Danach aus der Pfanne nehmen und das Ei darin zu Rührei zubereiten.
3. Das Toast anrichten und den Schinken sowie das Rührei darauf verteilen.

Schnelle Eierkuchen

Zutaten für 1 Portion:
1 Prise Salz / 2 Eier / ½ EL Mehl / 3 EL Wasser

Zubereitung:

1. Die Zutaten miteinander verrühren. In einer Pfanne Fett erhitzen und die Eiermasse darin ausbacken.

Speck-Omelett

Zutaten für 1 Portion:
Pfeffer / 2 Eier / Salz / Butter / 1 EL Schlagsahne / Butter / 1 Scheibe Emmentaler / Schnittlauch / Durchwachsener Speck

Zubereitung:

1. Die Sahne mit den Gewürzen sowie den Eiern verrühren. Den Speck sowie den Käse würfeln. Den Schnittlauch waschen und hacken. Diesen mit dem Käse unter die Eiermasse heben.
2. In einer Pfanne die Butter erhitzen und den Speck darin dünsten. Darüber die Eiermasse gießen und das Omelett von beiden Seiten anbraten.

Champignon-Krabben-Rührei

Zutaten für 1 Portion:
Petersilie / 50 g Zwiebeln / 30 g Krabben / 100 g Champignons / 1 TL Öl / 2 Eier / weißer Pfeffer / 60 ml Milch / Salz / Curry

Zubereitung:
1. Die Zwiebel schälen und in Scheiben schneiden. Die Pilze waschen und ebenfalls in Scheiben schneiden. Die Eier aufschlagen und mit der Milch verquirlen. Die Eiermasse mit Curry, Salz und Pfeffer würzen.
2. In einer Pfanne Öl erhitzen und die Zwiebeln mit den Pilzen darin anbraten. Die Krabben waschen und zu den Pilzen geben.
3. Zum Schluss die Eiermasse darüber geben und unter Rühren stocken lassen. Die Petersilie waschen und hacken. Diese zum Servieren über das Rührei geben.

Käse-Omelett

Zutaten für 1 Portion:
Pfeffer / 2 Eier / Butter / 1 EL Schlagsahne / Salz / 1 Scheibe Emmentaler / Schnittlauch / durchwachsener Speck

Zubereitung:
1. Die Sahne mit den Gewürzen sowie den Eiern verquirlen. Den Speck und den Käse würfeln. Den Schnittlauch waschen und hacken. Diesen mit dem Käse unter die Eiermasse rühren.
2. In einer Pfanne die Butter erhitzen und den Speck darin anbraten. Danach die Eiermasse darüber gießen und zu einem Omelett stocken lassen.

Omelett mit Quark

Zutaten für 1 Portion:
¼ Zitrone / 1 Ei / Zucker / ½ EL Arrak / ½ Prise Salz / 50 g Magerquark / Öl / ½ EL Milch

Zubereitung:

1. Die Zitrone auspressen und den Saft auffangen. Die Milch mit Salz sowie dem Ei verrühren. In einer Pfanne Öl erhitzen und die Eiermasse darin zu einem Omelett ausbacken.
2. Den Quark mit dem Arrak und dem Zitronensaft sowie etwas Zucker verrühren. Das fertige Omelett anrichten und mit der Quarkmasse bestreichen. Die Omeletts zusammenrollen und servieren.

Tomaten-Schinken-Rührei

Zutaten für 1 Portion:
Schnittlauch / 3 Eier / Gewürze nach Mahl / 1 Tomate / Milch / ½ Zwiebel / 1 bis 2 Scheiben Schinken / etwas Butter

Zubereitung:

1. Die Zwiebel schälen und hacken. Die Tomate waschen und klein schneiden. Butter in einer Pfanne erhitzen und die Zwiebeln mit den Tomaten darin anbraten. Den Schinken würfeln und mit in die Pfanne geben.
2. Die Eier aufschlagen und mit der Milch verquirlen. Diese würzen und in die Pfanne geben. Die Eiermasse unter Rühren zu Rührei anbraten. Zum Schluss mit dem Schnittlauch abschmecken.

Käse-Rührei mit Tomaten

Zutaten für 1 Portion:
Fett / 2 Tomaten / ½ TL gehackte Kräuter / 1 Ei / 30 g Roquefort-Käse / ½ EL Crème fraîche / Paprikapulver / Pfeffer

Zubereitung:

1. Den Backofen auf 220 °C vorheizen. Die Tomaten waschen, einen Deckel abschneiden und die Tomaten aushöhlen. Eine Auflaufform einfetten und die ausgehölten Tomaten hineinsetzen.
2. Die Crème fraîche mit dem Ei, dem Käse, dem Pfeffer, dem Paprikapulver sowie den Kräutern verrühren. Die Masse in die Tomaten geben. Die übrige Eiermasse mit etwas Tomatensaft verrühren und in die Auflaufform geben. Die Tomaten für 15–20 Minuten überbacken lassen.

Scampi-Rührei

Zutaten für 1 Portion:
Pfeffer / 2 Eier / Salz / 100 g gekochte Scampi / 2 EL Öl / 1 Bund Schnittlauch / 1 Knoblauchzehe

Zubereitung:

1. Die Scampi waschen und abtropfen lassen. Den Knoblauch schälen und zerdrücken. Die Eier verquirlen. Den Schnittlauch waschen und hacken. Die Eier mit dem Schnittlauch mischen und mit Salz sowie Pfeffer würzen.
2. 1 EL Öl in einer Pfanne erhitzen und den Knoblauch darin dünsten. Danach die Scampi hinzugeben und bei geringer Hitze für 1 Minute ziehen lassen. Die Pfanne vom Herd nehmen und für weitere 5 Minuten ziehen lassen.
3. Die fertigen Scampi aus der Pfanne nehmen und abtropfen lassen. Die Pfanne abtrocknen und das restliche Öl darin erhitzen. Die Eiermasse hineingeben. Darüber die Scampi geben und unter rühren zu Rührei verarbeiten.

Mozzarella-Rührei

Zutaten für 1 Portion:
Pfeffer / 1 Tomate / Salz / 100 g Mozzarella / 2 Eier / 1 EL Öl

Zubereitung:

1. Die Tomaten waschen und in Scheiben schneiden. Den Mozzarella abtropfen lassen und in Scheiben schneiden. In einer Pfanne Öl erhitzen.
2. Die Eier verquirlen und in die Pfanne geben. Darüber den Käse streuen und zu Rührei verarbeiten. Die Tomatenscheiben hinzugeben.
3. Bei geschlossener Pfanne das Rührei bei geringer Hitze für 3 Minuten ziehen lassen. Vor dem Servieren mit Salz und Pfeffer abschmecken.

Brot mit warmer Fleischwurst

Zutaten für 1 Portion:
Salz / 100 g Fleischwurst in Scheiben / 1 EL Butter / Pfeffer / 1 EL Öl / 2 Eier / 1 Zwiebel / 2 Scheiben Brot / 1 rote Paprika / 1 Zucchini

Zubereitung:

1. Die Zwiebel schälen und in Ringe schneiden. Die Paprika wachen, entkernen und in Streifen schneiden. Die Zucchini waschen und in Scheiben schneiden.
2. Eine Pfanne erhitzen und die Wurst darin anbraten. Danach aus der Pfanne nehmen und Öl in derselben Pfanne erhitzen. Die Zwiebeln mit der Zucchini und der Paprika für 5 Minuten dünsten. Das Gemüse mit Salz und Pfeffer würzen.
3. In einer separaten Pfanne Butter erhitzen und die Eier zu Spiegeleiern zubereiten. Die Brotscheiben mit der Wurst, dem Gemüse sowie den Spiegeleiern belegen.

Kartoffel-Krabben-Frühstück

Zutaten für 1 Portion:
1 Gewürzgurke / 150 g vorgekochte Kartoffeln / 50 g Nordseekrabben / 1 ½ EL Öl / 10 g Butter / Salz / ¼ Bund Schnittlauch / Pfeffer / ¼ Bund glatte Petersilie / 1 Ei / 1 EL Sahne

Zubereitung:

1. Die Kartoffeln in Scheiben schneiden. In einer Pfanne Öl erhitzen und die Kartoffelscheiben darin anbraten. Diese mit Salz und Pfeffer würzen. Die Sahne mit dem Ei, Salz, Pfeffer, Schnittlauch und Petersilie verquirlen.
2. Die Butter in einer separaten Pfanne erhitzen und die Eiermasse hineingeben. Diese stocken lassen und die Kartoffelscheiben darauf verteilen.
3. Die Eiermasse mit den Kartoffeln bei geschlossenem Deckel für 2 bis 3 Minuten garen lassen. Anschließend das Omelett in der Hälfte überklappen und anrichten. Dazu die Gurken und die Krabben servieren.

Apfel-Schoko-Müsli

Zutaten für 1 Portion:
2 EL Schoko-Crispies / 150 g Hüttenkäse / 1 TL Weizenkleie / 1 Apfel / 3 EL Apfelsaft / 1 TL Zitronensaft

Zubereitung:

1. Den Apfel waschen, entkernen und reiben. Danach den Apfel mit Apfelsaft sowie Zitronensaft mischen.
2. Den Hüttenkäse über den Apfel geben und die Schoko-Crispies sowie die Weizenkleie darüber streuen.

Aprikosenaufstrich

Zutaten für 1 Portion:
1 EL abgeriebene Zitronenschale / 50 g getrocknete ungeschwefelte Aprikosen / 1 TL gemahlene Haselnüsse / 4 EL Orangensaft / 4 entsteinte Datteln

Zubereitung:

1. Die Aprikosen klein schneiden und für 6 bis 8 Stunden in dem Orangensaft einweichen. Die eingeweichten Aprikosen mit den Datteln sowie dem Saft pürieren.
2. Die Nüsse hinzugeben, bis eine Paste entstanden ist. Den Aufstrich mit der Zitronenschale abschmecken.

Bananenfrühstück

Zutaten für 1 Portion:
Sonnenblumenkerne / 1 Banane / 1 Knoblauchzehe / 2–4 EL gemahlene Hirse / 1–2 TL Olivenöl

Zubereitung:

1. Die Banane sowie den Knoblauch schälen und zerdrücken. Beides mit den restlichen Zutaten mischen und die Sonnenblumenkerne darüber streuen.

Waffeln mit Buttermilch

Zutaten für 1 Portion:
5 Eier / ¼ l Buttermilch / 1 Salz / 300 g Mehl / Rum / 100 g geschmolzene Butter / Zitronenschale / 50 g Zucker

Zubereitung:

1. Die Eier trennen. Das Eiweiß mit etwas Salz steif schlagen. Das Eigelb mit den restlichen Zutaten verrühren. Danach den Eischnee unterheben.
2. Ein Waffeleisen einfetten und den Teig portionsweise darin für 2 Minuten ausbacken.

Erdbeer-Pfirsich-Quark

Zutaten für 1 Portion:
1 TL Zitronensaft / 100 g Erdbeeren / 1 EL Milch / 1 Pfirsich / 50 g Magerquark / Süßstoff

Zubereitung:

1. Die Erdbeeren waschen und klein schneiden. Diese pürieren. Den Pfirsich waschen und in Spalten schneiden.
2. Den Quark mit der Milch, dem Erdbeerpüree sowie dem Zitronensaft mischen. Den Quark mit etwas Süßstoff abschmecken.
3. Den Erdbeerquark anrichten und mit den Pfirsichspalten garnieren.

Birnenauflauf

Zutaten für 1 Portion:
50 g Sesam / Zitronensaft / Vanillepulver / Butter / 1 Ei / 50 g Vollkorn-Weizenmehl / 150 g Sauerrahm / 1 EL Honig / 4 EL Sahne / 4 Birnen

Zubereitung:

1. Die Birnen waschen, das Kerngehäuse entfernen und die Birnen achteln. Die Birnenspalten mit Zitronensaft beträufeln. Wasser aufkochen und die Birnen darin für 2 bis 3 Minuten kochen. Danach abtropfen lassen.
2. Eine Auflaufform einfetten und die Birnen hineinlegen. In einem Topf Butter schmelzen lassen und das Mehl darin dünsten. Danach das Mehl vom Herd nehmen und das Ei, das Vanillepulver, den Honig, den Sauerrahm sowie die Sahne einrühren.
3. In einer Pfanne ohne Fett den Sesam rösten und zu der Mehl-Mischung geben. Die Masse über die Birnen geben und den Auflauf bei 180 °C für 25 bis 30 Minuten backen.

Grießauflauf

Zutaten für 1 Portion:
Rosinen / 1 l Milch / Vanillezucker / 250 g Weizengrieß / 1 Zitrone / Salz / 80 g Zucker / 3 Eier / 60 g Margarine

Zubereitung:

1. Die Zitrone waschen und die Schale abreiben. Die Milch mit etwas Salz aufkochen und den Grieß einrühren. Dabei den Grieß so lange rühren, bis dieser andickt.
2. Die Eier trennen. Das Eigelb mit dem Zucker, der Zitronenschale sowie der Margarine und Vanillezucker verrühren. Die Eiermasse unter den Grieß heben. Das Eiweiß steif schlagen.
3. Den Eischnee mit den Rosinen unter die Grießmasse heben. Eine Auflaufform einfetten und die Grießmasse hineingeben. Den Auflauf bei 200 °C für 60 Minuten backen.

Schneller Pfannkuchen

Zutaten für 2 Portion:
Butter / 1 Ei / Milch / 50–75 g Mehl / Salz

Zubereitung:

1. Das Mehl mit dem Ei und dem Salz mischen. Danach die Milch einrühren und einen Teig herstellen.
2. In einer Pfanne die Butter erhitzen und die Hälfte des Teiges darin ausbacken. Den Pfannkuchen aus der Pfanne nehmen und mit dem restlichen Teig ebenso verfahren.
3. Die Pfannkuchen anrichten und mit Zucker oder Marmelade bestreuen.

Snacks

Belegtes Ciabatta-Brot

Zutaten für 1 Portion:
8-Kräuter-Mischung / ½ Ciabatta-Brot / Pfeffer / 2 Tomaten / Salz / 1 Zwiebel / 1 EL Olivenöl / 2 bis 3 Knoblauchzehen

Zubereitung:

1. Das Ciabatta-Brot zuerst für 12 bis 15 Minuten aufbacken. Wasser aufkochen und die Tomaten damit übergießen. Danach die Tomaten häuten. Den Knoblauch sowie die Zwiebel schälen und hacken.
2. In einer Pfanne das Olivenöl erhitzen. Den Knoblauch mit der Zwiebel darin anbraten. Das Tomatenfruchtfleisch klein schneiden und zu den Zwiebeln geben. Diese mit Salz und Pfeffer abschmecken. Die Tomaten für 5 Minuten köcheln lassen und mit der 8-Kräuter-Mischung würzen.
3. Das Ciabatta-Brot in Scheiben schneiden und mit der Tomatenmasse belegen.

Thunfisch-Baguette

Zutaten für 1 Portion:
100 g Thunfisch im eigenen Saft / 1 Baguette / 100 g Schafskäse / Pfeffer / 1 rote Zwiebel / 1 Knoblauchzehe / ½ Bund Petersilie

Zubereitung:

1. Zuerst das Baguette mit etwas Olivenöl bestreichen. Danach mit Pfeffer würzen und den Thunfisch zerteilen.
2. Den Thunfisch auf das Baguette geben. Darüber den Schafskäse krümeln. Die Petersilie waschen und hacken. Den Knoblauch sowie die Zwiebel schälen und hacken. Die Petersilie, den Knoblauch und die Zwiebel über das Baguette geben.
3. Das Thunfisch-Baguette für 15–20 Minuten bei 150–160 °C backen.

Champignon-Zwiebel-Baguette

Zutaten für 1 Portion:
Butter / 1 Zwiebel / 100–150 g geriebener Käse / 150 g Champignons / 1 kleines Baguette

Zubereitung:

1. Zuerst die Zwiebel schälen und würfeln. Die Champignons waschen und in Scheiben schneiden. Das Baguette halbieren und in der Länge aufschneiden. Den Backofen auf 180 °C vorheizen.
2. Die Baguette-Hälften mit Butter bestreichen. Danach die Champignons sowie die Zwiebeln darauf verteilen. Darüber den Käse streuen und die Baguettes für 10–15 Minuten im Backofen überbacken.

Toast nach Toskana-Art

Zutaten für 1 Portion:
1 Tomate / 1 Scheibe Vollkorntoast / 1 Knoblauchzehe / Salz / Pfeffer

Zubereitung:

1. Zuerst die Toastbrotscheibe toasten. Den Knoblauch schälen und halbieren. Das Toast mit den Knoblauchhälfte einreiben und mit Salz würzen.
2. Die Tomate waschen und in Scheiben schneiden. Diese auf das Toast legen und nochmals mit Salz sowie Pfeffer würzen.

Schinken-Champignon-Toast

Zutaten für 1 Portion:
2 Scheiben Scheibletten-Käse / 200 g frische Champignons / 2 Scheiben gekochter Schinken / 1 Zwiebel / 2 Scheiben Toastbrot / Fett / Butter / Salz / Pfeffer

Zubereitung:

1. Zuerst die Champignons waschen und in Scheiben schneiden. Die Zwiebel schälen und würfeln. Fett in einer Pfanne erhitzen und die Zwiebeln darin dünsten. Danach die Champignons hinzugeben. Diese mit Salz sowie Pfeffer würzen und die Masse abkühlen lassen.
2. Den Backofen auf 220 °C vorheizen. Die Toastscheiben toasten und anschließend mit der Butter bestreichen. Auf die Toastbrotscheiben den Schinken legen und die Champignon-Zwiebel-Masse darauf geben.
3. Über die Champignons den Scheibletten-Käse legen und im Backofen 10 Minuten überbacken.

Hähnchenbrust-Curry-Sandwich

Zutaten für 1 Portion:
2 Blätter Kopfsalat / 1 Hähnchenbrustfilet / 2 Toastbrotscheiben / Salz / 3 EL Joghurt-Salatcreme / Pfeffer / 80 g Mangofleisch / 2 EL Öl / 80 g Salatgurke / 2 TL Currypulver

Zubereitung:

1. Das Hähnchenfleisch mit Salz sowie Pfeffer würzen. Öl in einer Pfanne erhitzen und das Hähnchenfleisch von beiden Seiten für 6 Minuten anbraten. Danach 1 TL Currypulver hinzugeben. Das Hähnchenfleisch aus der Pfanne nehmen und abkühlen.
2. Das Mangofleisch sowie die Salatgurke in Scheiben schneiden. Die Joghurt-Salatcreme mit dem restlichen Currypulver verrühren. Die Toastbrote mit der Creme bestreichen und auf eine Scheibe die Salatblätter geben. Das Hähnchenfleisch in Scheiben schneiden und über den Salat geben.
3. Über den Salat die Mangoscheiben sowie die Gurke geben und die zweite Toastbrotscheibe mit der Creme-Seite nach unten darauflegen.

Bohnen-Schinken-Toast

Zutaten für 1 Portion:
Tabasco / 40 g gekochter Schinken / Salz / 2 Eier / 10 g Butter / 2 Scheiben Toastbrot / 3 Zwiebelringe / 50 g grüne Bohnen

Zubereitung:
1. Zuerst den Schinken in Streifen schneiden. Die Eier verquirlen und die Bohnen, die Zwiebel sowie den Schinken unterrühren. Die Masse mit Tabasco und Salz würzen.
2. In einer Pfanne die Butter erhitzen und die Schinken-Ei-Masse hineingeben. Die Eier unter Rühren stocken lassen.
3. Das Toastbrot toasten und die fertige Eier-Schinken-Masse darauf geben.

Speck-Baguette

Zutaten für 2 Portionen:
150 g geriebener Käse / 2 mittellange Baguettes zum Aufbacken / 2 Knoblauchzehen / 1–1 ½ Becher saure Sahne / 150 g geschnittener, durchwachsener Bauchspeck / 1 Zwiebel

Zubereitung:
1. Zuerst den Backofen auf 220 °C vorheizen. Die Baguettes in der Länge aufschneiden. Diese mit der Schnittseite nach oben für 5 Minuten backen.
2. Den Knoblauch sowie die Zwiebel schälen und klein schneiden. Den Bauchspeck würfeln. Die Baguettes mit der sauren Sahne bestreichen und den Knoblauch, den Bauchspeck sowie die Zwiebeln darauf verteilen.
3. Die belegten Baguettes für weitere 10 Minuten in den Backofen geben. Anschließend mit dem Käse bestreuen und überbacken lassen.

Gefülltes Fladenbrot

Zutaten für 1 Portion:
Basilikum / ¼ Fladenbrot / 1 Tomate / 50 g Quark / 1 Scheibe Käse / 1 TL Mineralwasser / 4 Blätter Eisbergsalat / 1 TL weißer Balsam-Essig / Pfeffer / 1 TL Tomatenketchup / Salz

Zubereitung:

1. Den Quark mit dem Mineralwasser verrühren. Danach den Ketchup, den Essig sowie Salz und Pfeffer unterrühren. In das Fladenbrot eine Tasche schneiden und diese mit der Quark-Masse bestreichen.
2. Die Tomate waschen und in Scheiben schneiden. In die Tasche 2 Blätter Eisbergsalat geben. Die restlichen beiden Blätter klein schneiden. In die Tasche den Schinken, die Tomatenscheiben, den Käse sowie die Salatblätter geben.
3. Die restliche Quarkmasse hinzugeben und mit dem Basilikum garnieren.

Kräuter-Brot

Zutaten für 1 Portion:
Getrocknete Kräuter / 2 Scheiben Brot / Salz / Öl

Zubereitung:

1. In einer Pfanne das Öl erhitzen. Die Brotscheiben ebenfalls mit etwas Öl beträufeln. Diese mit Salz und Kräutern bestreuen.
2. Die Brotscheiben in der Pfanne rösten.

Scharfes Salami-Brot

Zutaten für 1 Portion:
Schnittlauch / 1 Ei / 1 Scheibe Sandwichtoast / 1 EL Mayonnaise / 2 Scheiben Salami / 1 TL Schnittlauchröllchen / Pfeffer / 1 Peperoni aus dem Glas / 1 Scheibe Vollkorn-Schwarzbrot / Salz / Pfeffer

Zubereitung:

1. Zuerst das Ei hart kochen. Danach abschrecken und pellen. Die Peperoni hacken. Das Ei hacken und mit der Mayonnaise der Peperoni sowie den Schnittlauchröllchen mischen. Die Masse mit Salz und Pfeffer würzen.
2. Die Hälfte der Eiermasse auf das Schwarzbrot geben und verstreichen. Darüber die Salami legen und die restliche Eiermasse darauf verteilen. Über die Eier Schnittlauch streuen und das Toast darüber geben.

Warmes Käsebrot

Zutaten für 1 Portion:
Getrocknete Kräuter / 2 Scheiben Brot / 2 Scheiben Käse / Öl

Zubereitung:

1. Etwas Öl über die Brotscheiben träufeln. Danach den Käse darauf legen und mit den Kräutern bestreuen.
2. In einer Pfanne Öl erhitzen und die Brote bei geschlossenem Deckel in der Pfanne überbacken lassen.

Tomaten-Zwiebel-Snack

Zutaten für 1 Portion:
Pfeffer / 1 Scheibe Brot / Salz / ½ Zwiebel / Salatcreme / 1 Tomate

Zubereitung:

1. Die Salatcreme auf die Brotscheibe streichen. Die Tomate waschen und in Scheiben schneiden. Die Zwiebel schälen und in Ringe schneiden.
2. Die Tomatenscheiben auf die Salatcreme legen. Darüber die Zwiebelringe geben und mit Salz sowie Pfeffer bestreuen.

Tomaten-Auflauf

Zutaten für 2 Portionen:
1 TL Oregano / 2 alte Brötchen / 1 TL Basilikum / 1 Pck. Tomatenstücke / Pfeffer / 250 g Mozzarella / Salz / 250 g Sahne

Zubereitung:

1. Die Brötchen in Scheiben schneiden und in eine Ofenform geben. Darüber Pfeffer streuen. Die Sahne mit dem Oregano sowie dem Basilikum verrühren. Die Sahnemischung über die Brötchen gießen.
2. Die Tomatenstücke über die Brötchen geben und mit Salz würzen. Den Mozzarella in Scheiben schneiden und ebenfalls darauf verteilen.
3. Den Auflauf für 30 Minuten bei 200 °C backen.

Garnelen-Brötchen

Zutaten für 1 Portion:
Salz / 1 Baguette-Brötchen / Cayennepfeffer / 4 Riesengarnelen / 1 EL Zitronensaft / 1 Knoblauchzehe / 2 EL Öl / ½ Bund glatte Petersilie / 40 g Cheddarkäse

Zubereitung:

1. Das Brötchen aufschneiden und den Teig aus den Hälften lösen. Diesen hacken. Die Garnelen klein schneiden. Den Knoblauch schälen und durch eine Knoblauchpresse drücken. Die Petersilie waschen und hacken. Den Cheddar reiben.
2. In einer Pfanne Öl erhitzen und die Garnelen darin anbraten. Diese mit Salz, Zitronensaft sowie Cayennepfeffer würzen. Die Garnelen aus der Pfanne nehmen. Den Backofengrill erhitzen.
3. Den Brötchenteig mit dem Knoblauch in die Pfanne der Garnelen geben und anbraten. Danach mit dem Cheddar, den Garnelen und der Petersilie vermischen. Die Masse zurück in die Brötchenhälften geben und mit Käse bestreuen. Die Garnelen-Brötchen für 5 bis 6 Minuten überbacken lassen.

Roggen-Aal-Brot

Zutaten für 1 Portion:
Dill oder Schnittlauch / 1 Scheibe Roggenbrot / 100 g Räucheraal ohne Haut / Butter / Pfeffer / Salz / 2 Eier

Zubereitung:

1. Das Roggenbrot mit der Butter bestreichen. Die Eier mit dem Salz sowie dem Pfeffer verquirlen. Eine Pfanne erhitzen und die Butter darin schmelzen lassen. Das Ei hinzugeben und unter Rühren darin stocken lassen.
2. Das Rührei auf das Roggenbrot geben und den Aal darüber drapieren. Zum Schluss mit Dill oder Schnittlauch garnieren.

Kohlrabi-Eier-Snack

Zutaten für 1 Portion:
½ TL Kräutersalz / 2 Eier / 2 EL süße Sahne / ½ Kästchen Kresse / 2 EL Joghurt (3,5 % Fett) / ½ Kohlrabi / 75 g Speisequark / 1 Zwiebel

Zubereitung:
1. Die Eier hart kochen und abschrecken. Die Kresse waschen. Den Kohlrabi schälen und raspeln. Die Zwiebel schälen und hacken.
2. Den Joghurt mit dem Quark sowie der Sahne verrühren. Die Zwiebel mit dem Kohlrabi und der Kresse hineingeben. Die Masse verrühren und mit dem Kräutersalz würzen.
3. Die Eier pellen und die Soße darüber geben.

Schinken-Eier

Zutaten für 1 Portion:
Öl / 2 hartgekochte Eier / Essig / geräucherter Schinken / Salz / 1 Essiggurke / 1 TL Senf

Zubereitung:
1. Die Eier schälen und in der Länge halbieren. Das Eigelb vorsichtig entfernen und zerdrücken. Den Schinken würfeln. Die Essiggurke abtropfen lassen und ebenfalls würfeln. Beides zu dem Eigelb geben und mit Öl, Senf, Salz sowie Essig verrühren.
2. Die Eigelbmasse abschmecken und in die Eiweißhälften geben. Darüber die Petersilie streuen und anrichten.

Herzhafte Waffeln

Zutaten für 1 Portion:
100 g Schinken / 200 g Mehl / 100 g herzhafter Käse / 50 g Speisestärke / 150 g Butter / 2 TL Backpulver / Paprika / 4 Eier / Salz / 125 ml Milch / Pfeffer

Zubereitung:

1. Den Käse sowie den Schinken würfeln. Die übrigen Zutaten miteinander verrühren und einen Teig herstellen. Schinken und Käse unter den Teig heben.
2. Den Teig portionsweise in dem Waffeleisen ausbacken.

Tomaten-Mozzarella-Teller

Zutaten für 1 Portion:
Basilikum / 2 Tomaten / Salz / 1 Mozzarella / Pfeffer / 2 EL Balsamicoessig / 2 EL Olivenöl

Zubereitung:

1. Die Tomaten waschen und in Scheiben schneiden. Den Mozzarella abschütten und in Scheiben schneiden.
2. Die Tomatenscheiben mit den Mozzarellascheiben abwechselnd auf einem Teller anrichten. Diese mit gehacktem Basilikum, Salz sowie Pfeffer würzen. Zum Schluss Olivenöl sowie Balsamicoessig darüber verteilen.

Paprika-Käse-Crème

Zutaten für 1 Portion:
Pfeffer / 1 rote Paprikaschote / Salz / 1 gelbe Paprikaschote / 1 EL saure Sahne / ¼ bunt gemischte Kräuter / 125 g Frischkäse

Zubereitung:

1. Die Paprika entkernen und waschen. Die gelbe Paprika würfeln. Die rote Paprika halbieren. Die Kräuter waschen und hacken. Den Frischkäse mit der sauren Sahne verrühren. Die Crème mit Salz sowie Pfeffer würzen.
2. Die Paprikawürfel mit den Kräutern unter die Crème mischen. Die Mischung in die Paprikahälften geben und diese im Kühlschrank ruhen lassen.

Einfache Hähnchen-Flügel

Zutaten für 1 Portion:
½ Knoblauchzehe / 4 Hähnchenflügel / Salz / 1 EL Sojasoße / 1 TL Aprikosenpulver / 1 EL Pflanzenöl / 1 EL Honig / 1 EL Tandoori Masala

Zubereitung:

1. Den Backofen auf 180 Grad erhitzen. Den Knoblauch schälen und mit etwas Salz zerdrücken. Die Sojasoße mit dem Öl, dem Masala, dem Honig sowie dem Aprikosenpulver und der Knoblauchzehe vermischen.
2. Ein Backblech mit Backpapier auslegen. Die Hähnchenflügel vollständig mit der Marinade einreiben und für 20–25 Minuten im Backofen braten.

Gefüllte Kartoffeln

Zutaten für 1 Portion:
Schnittlauch / 100 g Kartoffeln / Pfeffer / 30 g light Kräuterfrischkäse / Salz / 30 g geräucherter Putenschinken

Zubereitung:
1. Die Kartoffeln waschen und kochen. Den Kräuterfrischkäse mit Salz sowie Pfeffer würzen. Den Schnittlauch waschen und hacken. Diese unter den Frischkäse rühren.
2. Den Putenschinken klein schneiden und diesen unter den Frischkäse rühren. Die Kartoffeln halbieren und etwas aushöhlen.
3. Die ausgehölten Kartoffeln mit dem Frischkäse füllen und Kräuter darüber streuen.

Hauptspeisen

Vegetarisch

Gemüse-Nudel-Nester

Zutaten für 1 Portion:
Zucker / 50 g Möhren / Pfeffer / 50 g Zucchini / Salz / 40 g Spaghetti / ½ Ei / Basilikum / ½ Knoblauchzehe / Basilikum / 1 EL Olivenöl / 1 EL Essig

Zubereitung:

1. Die Zucchini sowie die Möhren schälen und in Streifen schneiden. Salzwasser aufkochen und die Spaghetti darin für 3–5 Minuten garen. Danach die Gemüsestreifen hinzugeben und beides für weitere 5 Minuten garen. Die Nudeln mit dem Gemüse abschütten und abkühlen lassen.
2. Einige Basilikumblätter zur Seite legen, die restlichen hacken. Essig und Olivenöl vermischen und 2 / 3 des Basilikums unterrühren. Den Knoblauch schälen und durch eine Knoblauchpresse drücken. Den Knoblauch unter die Essig-Mischung rühren und mit Salz, Pfeffer sowie Zucker abschmecken.
3. Die Spaghetti mit den Gemüsestreifen ebenfalls unter die Soße heben und mithilfe einer Gabel Nester aufdrehen. Die Nester anrichten. Das Ei hart kochen und in das Nest setzen. Darüber das Basilikum streuen und mit den ganzen Basilikumblättern garnieren.

Kartoffeln mit Senf-Eiern

Zutaten für 1 Portion:
Schnittlauch / 2 Eier / 1 TL Salz / 3 Kartoffeln / 1 EL Crème fraîche / 2 EL Senf / 2 EL Wasser

Zubereitung:

1. Die Kartoffeln schälen und klein schneiden. Salzwasser aufkochen und die Kartoffelstücke darin garen. Die Eier für 8 Minuten hart kochen.
2. In einer Pfanne das Wasser mit dem Senf und der Crème fraîche verrühren. Die Soße aufkochen lassen.
3. Die fertigen Kartoffeln anrichten. Die Eier halbieren und auf die Kartoffeln legen. Darüber die Soße gießen. Vor dem Servieren mit dem Schnittlauch garnieren.

Gemüse-Omelett

Zutaten für 1 Portion:
2 EL gehackte Frühlingskräuter / 3 Eier / geriebener Parmesankäse / etwas Butter / Pfeffer / 1 EL Kürbiskernöl / ½ Paprika / Pfeffer / 1 Lauchzwiebel / Salz / Champignons

Zubereitung:

1. Die Lauchzwiebel waschen und hacken. Die Champignons waschen und in Scheiben schneiden. Die Paprika waschen, entkernen und klein schneiden.
2. In einer Pfanne die Butter mit dem Kürbiskernöl erhitzen. Die gehackten Frühlingskräuter mit der Frühlingszwiebel, den Champignons sowie der Paprika hineingeben und dämpfen. Diese mit Salz und Pfeffer würzen. Die Eier verquirlen und über die Lauchzwiebel-Masse geben.
3. Darüber den Parmesan streuen und das Gemüse-Omelett von beiden Seiten anbraten.

Panierte Aubergine mit Tomatensoße

Zutaten für 1 Portion:
1 Basilikumzweig / 1 Aubergine / Olivenöl / Salz / Knoblauch / Pfeffer / Zwiebeln / 2 Tomaten / 1 Ei / geriebener Parmesan / Paniermehl

Zubereitung:

1. Die Aubergine waschen, abtrocknen und in Scheiben schneiden. Die Auberginenscheiben mit Salz sowie Pfeffer würzen. Wasser aufkochen und die Tomaten damit übergießen. Die Tomaten häuten, entkernen und das Fruchtfleisch würfeln. Das Basilikum waschen und hacken.
2. Den Parmesan mit dem Paniermehl mischen. Das Ei mit Salz sowie Pfeffer verquirlen. Die Auberginenscheiben in der Eimasse und danach in dem Paniermehl wenden. Olivenöl in einer Pfanne erhitzen und die Auberginenscheiben von beiden Seiten anbraten.
3. Die Zwiebel sowie den Knoblauch schälen und hacken. In einer Pfanne das Olivenöl erhitzen und beides darin anbraten. Danach die Tomaten hinzugeben und mit Salz sowie Pfeffer würzen. Die Tomaten für 5 Minuten unter Rühren köcheln lassen. Die Tomatensoße mit Basilikum garnieren und mit den Auberginenscheiben anrichten.

Gemüsecurry

Zutaten für 1 Portion:
Petersilie / 1 kleiner Blumenkohl / 1 TL Sojasoße / 1 Zwiebel / 1 TL Curry / 1 Apfel / ½ Tasse gefrorene Erbsen / 2 Tomaten

Zubereitung:

1. Die Zwiebel schälen und würfeln. Eine Pfanne erhitzen und die Zwiebeln darin ohne Fett anbraten. Den Apfel schälen, entkernen und klein schneiden. Den Apfel mit dem Curry zu den Zwiebeln geben und mit ½ Tasse Wasser ablöschen.
2. Den Blumenkohl in Röschen teilen und unterrühren. Diesen für 6 Minuten dünsten. Wasser aufkochen und die Tomaten damit übergießen. Danach die Tomaten häuten und das Fruchtfleisch klein schneiden. Diese mit den Erbsen unter den Blumenkohl rühren.
3. Das Gemüse nochmals für einige Minuten garen und mit der Sojasoße abschmecken. Das Gemüsecurry mit der Petersilie garnieren.

Chicorée-Auflauf

Zutaten für 1 Portion:
Pfeffer / 2 Chicorées / Salz / 1 Fleischtomate / Butter / Basilikum / 50 g Mozzarella

Zubereitung:

1. Den Chicorée waschen und die bitteren Enden entfernen. Salzwasser aufkochen und den Chicorée für 8 Minuten darin garen. Den Backofen auf 220 °C erhitzen. Die Tomate blanchieren und anschließend häuten. Die Tomate entkernen und das Fruchtfleisch würfeln.
2. Das Basilikum waschen und hacken. Den Mozzarella würfeln. Den Chicorée abtropfen lassen. Eine Auflaufform einfetten und den Chicorée hineingeben. Darüber die Tomaten, das Basilikum sowie den Käse geben und mit Pfeffer würzen.
3. Den Auflauf für 10–15 Minuten im Backofen überbacken lassen.

Tomaten-Frischkäse-Quiche

Zutaten für 2 Portion:
Fett / 200 g feines Dinkelvollkornmehl / ½ Bund Basilikum / 350 g Magerquark / Muskat / 80 g Butter / weißer Pfeffer / Salz / 5 Tomaten / 150 g Kräuter-Frischkäse / 2 Eier

Zubereitung:

1. Das Mehl mit 150 g Magerquark verrühren und die Butter darüber streuen. Danach Salz unterrühren und zu einem Teig verkneten. Den Teig in eine Frischhaltefolie wickeln und für 30 Minuten im Kühlschrank ruhen lassen. Danach den Teig ausrollen. Eine Quiche-Form einfetten und den Teig hineingeben. Dabei einen Rand formen.
2. Den Teigboden mehrfach einstechen und für 10 Minuten bei 200 °C vorbacken. Die Eier trennen. Den Kräuter-Frischkäse mit dem restlichen Quark sowie dem Eigelb verrühren. Die Mischung mit Muskat sowie Salz und Pfeffer würzen. Das Eiweiß steif schlagen und unter die Quark-Frischkäse-Mischung heben.
3. Die Masse in die Quiche-Form geben. Die Tomaten waschen, halbieren und in die Masse drücken. Die Quiche für 40 Minuten im Backofen fertig backen. Das Basilikum waschen und hacken. Dieses vor dem Servieren über die Quiche streuen.

Marinierter Fenchel

Zutaten für 1 Portion:
Pfeffer / 1 Fenchelknolle / 1 TL Sesamsamen / 1 TL Provence-Kräuter in Öl / ½ TL Sojasoße / 2 TL Olivenöl / 1 Prise Salz / 1 Fleischtomate

Zubereitung:

1. Zuerst den Backofen auf 200 °C vorheizen. Den Fenchel waschen und die angetrockneten Schnittstellen entfernen. Die Fenchelknolle halbieren.
2. Etwas Alufolie mit 1 TL Kräuteröl einreiben und die Knolle darauflegen. Danach die Fenchelknolle einwickeln und für 35 Minuten im Backofen garen.
3. Wasser aufkochen und die Tomaten damit überbrühen. Die Tomaten häuten und das Fruchtfleisch hacken. Etwas Fenchelgrün hacken und mit Pfeffer, Salz, Sojasoße sowie Öl unter das Tomatenfleisch rühren. Den Fenchel auspacken und in Scheiben schneiden. Diese in die Soße legen und mit dem Sesam bestreuen.

Gemüse-Frühlingsrollen

Zutaten für 16 Stück:
1 kl. Stück Ingwerwurzel / 120 g Bambussprossen / Sojasoße / 16 Reispapierblätter / 1 TL Sesamöl / 200 g Champignons / Salz / 1 Eiweiß / Pfeffer / 1 Knoblauchzehe / 4 Mu-Err-Pilze / Kokosfett / 3 Möhren / 1 Lauchstange

Zubereitung:

1. Die Mu-Err-Pilze in Wasser einweichen. Das restliche Gemüse waschen. Den Lauch in Ringe schneiden. Die Möhren schälen und in Streifen schneiden. Die Champignons in Scheiben schneiden. Die Bambussprossen würfeln. Den Knoblauch schälen und hacken. Den Ingwer schälen und reiben. Die Mu-Err-Pilze in Streifen schneiden.
2. Den Knoblauch mit dem Ingwer sowie dem Gemüse mit Sesamöl in einem Wok dünsten. Das Gemüse mit Sojasoße, Salz und Pfeffer würzen. Das Reispapier für 30 Sekunden in Wasser einweichen. Danach abtropfen lassen und zwei Blätter aufeinanderlegen. Diese mit dem Gemüse füllen und einschlagen. Die Rollen mit Eiweiß bestreichen und zusammendrücken.
3. Eine Pfanne mit Fett erhitzen und die Frühlingsrollen von beiden Seiten ausbacken. Die fertigen Frühlingsrollen auf Küchenpapier abtropfen lassen.

Kartoffel-Paprika-Omelett

Zutaten für 1 Portion:
1 EL Öl / 1 Zwiebel / Pfeffer / 1 Knoblauchzehe / Salz / 3 gekochte Kartoffeln / 2 Eier / 1 Paprika / Basilikum / 1 Tomate / Petersilie

Zubereitung:

1. Die bereits gekochte Kartoffel in Scheiben schneiden. In einer Pfanne das Öl erhitzen und die Kartoffeln darin anbraten. Danach die Kartoffelscheiben für 10 Minuten dünsten. Die Zwiebel sowie den Knoblauch schälen und klein schneiden. Die Tomate waschen und klein schneiden. Die Paprika entkernen, waschen und würfeln. Das Gemüse mit dem Knoblauch und der Zwiebel zu den Kartoffeln geben.
2. Das Gemüse für 5 Minuten dünsten. 2 EL Wasser mit den Eiern verquirlen und die Eiermasse mit Salz sowie Pfeffer würzen. Die Eiermasse über das Gemüse geben und die Pfanne abdecken. Das Omelett für 5 Minuten bei mittlerer Hitze dünsten.
3. Das fertige Omelett aus der Pfanne nehmen und anrichten. Die Kräuter waschen und hacken. Diese über das Omelett streuen.

Spinat-Champignon-Auflauf

Zutaten für 1 Portion:
100 g Parmesan / 250 g Champignons / Kreuzkümmel / 500 g Spinat / 1 EL Butter / ½ Becher Crème fraîche

Zubereitung:

1. Die Champignons waschen und in Scheiben schneiden. Butter in einer Pfanne erhitzen und die Champignons darin dünsten. Danach die Crème fraîche einrühren und mit Kreuzkümmel abschmecken.
2. Den Spinat blanchieren und abtropfen lassen. Den Spinat zu den Champignons geben und verrühren.
3. Eine Auflaufform einfetten und die Champignon-Spinat-Masse hineingeben. Darüber den Käse streuen und den Auflauf für 20 Minuten bei 200 °C überbacken.

Zwiebel mit Gemüsefüllung

Zutaten für 1 Portion:
Fett / 1 Gemüsezwiebel / 1 EL geriebener Käse / ¼ l Gemüsebrühe / Pfeffer / 1 grüne Paprikaschote / Salz / 1 Tomate / 2 Eier / ½ kl. Dose Mais

Zubereitung:

1. Die Zwiebel schälen und vorsichtig aushöhlen. Die Brühe aufkochen und die Zwiebel darin 2 Minuten kochen. Die Paprika entkernen, waschen und würfeln. Diese zu der Zwiebel geben und ebenfalls für 2 Minuten kochen.
2. Den Mais abschütten. Die Tomaten würfeln. Die Paprika mit der Tomate sowie dem Mais mischen. Die Eier verquirlen und mit Salz sowie Pfeffer würzen. Den Backofen auf 220 °C erhitzen.
3. Die Eiermasse mit dem Gemüse vermischen und die Masse in die Zwiebel geben. Eine Auflaufform einfetten und die Zwiebel hineingeben. Darüber den Käse streuen und für 20 Minuten überbacken.

Einfacher gegrillter Chicorée

Zutaten für 1 Portion:
1 bis 2 EL Aceto Balsamico / 1 Chicorée / Salz / ½ bis 1 EL Öl / 2 EL kaltgepresstes Olivenöl

Zubereitung:

1. Den Backofengrill erhitzen. Den Chicorée waschen und in der Länge halbieren. Wasser erhitzen und die Chicorée-Hälften für 3 bis 4 Minuten kochen. Danach abtropfen lassen.
2. Eine Grillpfanne einfetten und den Chicorée für 5 bis 6 Minuten mit der Schnittfläche anbraten. Danach von zweiten Seite für 5 bis 6 Minuten grillen. Den Chicorée anrichten und mit Salz sowie Pfeffer würzen.
3. Den Aceto Balsamico mit dem Olivenöl verrühren und über den Chicorée geben.

Reis-Gemüse-Curry

Zutaten für 1 Portion:
1 EL Basilikumstreifen / 50 g Reis / 1 EL Limonensaft / Salz / 1 TL rote Currypaste / 100 g Kartoffeln / 1 Dose Kokosmilch / 100 g Möhren / 1 EL Pflanzenöl / 150 g Brokkoli / 1 Zwiebel

Zubereitung:

1. Salzwasser aufkochen und den Reis darin nach Anweisung kochen. Das Gemüse waschen. Die Kartoffeln schälen und würfeln. Die Möhren schälen und in Scheiben schneiden. Den Brokkoli in Röschen teilen. Die Zwiebel schälen und würfeln.
2. In einer Pfanne Öl erhitzen und die Zwiebel darin dünsten. Danach das Gemüse hinzugeben und mit dünsten. Mit 50 ml Wasser sowie der Kokosmilch ablöschen und die Currypaste einrühren. Das Curry aufkochen und 15 Minuten köcheln lassen.
3. Das fertige Gemüsecurry mit dem Limonensaft abschmecken und Basilikum darüber streuen. Dieses mit dem Reis anrichten.

Überbackene Gemüsepfanne

Zutaten für 1 Portion:
2–3 Petersilienstiele / Salz / 60 g Mozzarella / 1 Aubergine / 1 TL getrocknete Kräuter der Provence / ½ Paprikaschote / 1 TL Olivenöl / 1 Stange Lauch / 1 Zucchini

Zubereitung:

1. Das Gemüse waschen und klein schneiden. In einer Pfanne Öl erhitzen und das Gemüse unter Rühren anbraten. Mit 6 EL Wasser ablöschen und mit den Kräutern abschmecken.
2. Das Gemüse bei geschlossenem Deckel für 5–7 Minuten schmoren lassen. Danach das Gemüse abschmecken. Den Mozzarella abtropfen lassen und in Scheiben schneiden. Diesen über das Gemüse geben und das Gemüse für weitere 5 Minuten überbacken.
3. Zum Schluss die Petersilie waschen und hacken. Die überbackene Gemüsepfanne mit der Petersilie garnieren.

Zucchini-Röllchen

Zutaten für 1 Portion:
100 ml Instant Brühe / 1 Frühlingszwiebel / 2 Tomaten / 1 Möhre / 1 Knoblauchzehe / 1 Zucchini / 1 Msp. gerebelter Thymian / 2 TL Öl / 1 Msp. gerebelter Oregano / Salz / Pfeffer / 75 g Mozzarella

Zubereitung:

1. Die Frühlingszwiebel waschen und klein schneiden. Die Möhre schälen und in Stifte schneiden. Die Zucchini waschen und in der Länge in Scheiben schneiden. In einem Topf 1 TL Öl erhitzen. Die Möhren für 10 Minuten dünsten.
2. Salzwasser aufkochen und die Zucchini für 3 Minuten darin blanchieren. Danach abschrecken und abtropfen lassen. Den Mozzarella abschütten und in Streifen schneiden. Die Zucchinistreifen mit der Frühlingszwiebel, den Möhren sowie dem Mozzarella belegen. Darüber Thymian, Salz, Oregano und Pfeffer streuen. Die Zucchinistreifen aufrollen und mit einem Holzstäbchen fixieren.
3. Das restliche Öl erhitzen und die Zucchiniröllchen darin von allen Seiten anbraten. Danach aus der Pfanne nehmen. Den Knoblauch schälen und in dem Bratenfett dünsten. Die Tomate waschen, würfeln und zu dem Knoblauch geben. Die Zucchini hinzugeben und bei geschlossenem Deckel für 20 Minuten garen.

Überbackene Zucchini

Zutaten für 2 Portionen:
Butter / 2 Zucchini / 2 EL Petersilie / 1 TL Butter / Pfeffer / 1 Zwiebel / Salz / 1 EL Vollkorn-Semmelbrösel / 30 g Parmesan / 1 EL Nusspaprika- Aufstrich / 1 Ei

Zubereitung:

1. Die Zucchini in der Länge halbieren und aushöhlen. Das Fruchtfleisch klein schneiden. Salzwasser aufkochen und die Zucchinihälften darin für 3 Minuten blanchieren. Die Zwiebel schälen und würfeln.
2. In einer Pfanne die Butter erhitzen. Die Zwiebel darin dünsten und das Zucchinifruchtfleisch unterrühren. Beides für 10 Minuten dünsten und abkühlen lassen. Danach die Hälfte des Parmesans, die Semmelbrösel, das Ei sowie die Nusspaprika unterrühren. Die Zucchinimasse abschmecken. Die Petersilie waschen und hacken. Die Hälfte der Petersilie mit der Zucchini verrühren.
3. Eine Auflaufform einfetten und die Zucchini hineingeben. Diese mit der Zucchimasse füllen und den restlichen Parmesan darüber geben. Die Zucchini für 15 Minuten bei 200 °C überbacken. Die fertigen Zucchini mit Petersilie bestreuen und anrichten.

Gefüllte Spinatkugeln

Zutaten für 2 Portionen:
Petersilie / 100 g Blattspinat / Knoblauchzehen / 300 g Frischkäse / Pfeffer / Salz

Zubereitung:

1. Den Spinat waschen. In einem Topf Wasser erhitzen und den Spinat für 3–4 Minuten kochen. Danach abtropfen lassen. 4 runde Förmchen mit Backpapier auslegen und den Spinat hineingeben. Dabei die Ränder überhängen lassen.
2. Die Petersilie waschen und hacken. Den Knoblauch schälen und hacken. Den Frischkäse mit der Petersilie und dem Knoblauch mischen. Die Frischkäsemasse mit Salz und Pfeffer würzen.
3. Die Frischkäsecreme in die Förmchen geben und den Spinat zusammenklappen. Darüber ebenfalls etwas Creme streichen.

Chinakohl-Röllchen

Zutaten für 2 Portionen:
Limonenschale / 1 Chinakohl / 4 EL Zucker / 1,2 l Reisessig / 2 EL Salz

Zubereitung:

1. Die Blätter vom Chinakohl entfernen. Die Limonenschale mit dem Essig, Salz sowie Zucker aufkochen. Die Masse über die Chinakohlblätter geben und mit einer Folie bedecken. Darauf ein schweres Gewicht stellen und für 2 Tage im Kühlschrank ziehen lassen.
2. Die Blätter abtropfen lassen und einzeln aufrollen. Die Chinakohl-Röllchen anrichten und servieren.

Auberginen-Tofu-Auflauf

Zutaten für 3 Portionen:
1 Bund Petersilie / 750 g Fleischtomaten / 100 g geriebener Parmesan / 4 EL Olivenöl / ½ TL schwarzer Pfeffer / 2 Zwiebeln / 1 Prise Muskatnuss / 500 g Auberginen / ½ TL Thymian / 2 Knoblauchzehen / ¼ l Milch / 2 EL Butter / 1 TL getrockneter Oregano / 250 g Tofu / 2 EL Weizenvollkornmehl

Zubereitung:

1. Eine Tomate waschen und in Scheiben schneiden. Wasser aufkochen und die restlichen Tomaten damit übergießen. Diese häuten und das Fruchtfleisch würfeln. Den Knoblauch sowie die Zwiebel schälen und hacken. Den Tofu zerdrücken und mit den Gewürzen mischen. Die Petersilie waschen und hacken.
2. In einer Pfanne 2 EL Öl erhitzen und den Tofu darin anbraten. Danach den Knoblauch und die Zwiebel hinzugeben. Die Petersilie und die Tomaten unterheben und köcheln lassen. Die Aubergine waschen und in Scheiben schneiden. In einer separaten Pfanne das restliche Öl erhitzen und die Auberginenscheiben darin anbraten.
3. In einer weiteren Pfanne die Butter schmelzen und das Mehl darin rösten. Danach mit der Milch ablöschen und die Soße mit Muskat würzen. Diese für 10 Minuten köcheln lassen. Die Auberginenscheiben abwechselnd und schichtweise mit der Tofu-Tomaten-Mischung in eine Auflaufform geben. Die letzte Schicht Auberginen mit den Tomatenscheiben bedecken. Darüber die Soße gießen und mit Käse bestreuen. Den Auflauf bei 200 °C für 30 Minuten überbacken.

Überbackenes Gemüse

Zutaten für 1 Portion:
¼ rote Chilischote / 100 g gehäutete rote Paprikaschote in Öl / ½ EL Limettensaft / ½ Knoblauchzehe / ¼ TL Dijon-Senf / ¼ Bund Petersilie / ¼ EL Weißweinessig / 3 schwarze entsteinte Oliven / Pfeffer / 1 TL Kapern / 1 ½ EL Olivenöl / 65 g Halloumi / Salz

Zubereitung:

1. Die Chilischote entkernen und hacken. Die Paprika entkernen und waschen. Danach in Streifen schneiden. Den Knoblauch schälen und in Scheiben schneiden. Die Petersilie waschen und hacken. Die Oliven halbieren. Den Käse in Scheiben schneiden. Den Backofen auf 200 °C erhitzen.
2. In einer flachen Gratinform die Paprika verteilen. Die Petersilie mit dem Knoblauch, Oliven und den Kapern mischen. Die Mischung über die Paprika geben und den Käse darüber verteilen. Den Käse mit Öl bestreichen und mit Salz sowie Pfeffer würzen.
3. Das Gemüse für 12–15 Minuten backen. Den Essig mit Senf, Öl, Limettensaft und der Chilischote mischen. Das Gemüse anrichten und mit der Soße beträufeln.

Spargel-Auflauf mit Kartoffeln

Zutaten für 2 Portionen:
Knoblauch / 300 g Spargel / Muskatnuss / 1 TL Halbfettbutter / Pfeffer / ½ Zwiebel / Salz / 100 g Blattspinat / 1 Spritzer Süßstoff / ¼ l Spargelwasser / 1/8 l Soße Hollandaise / 10 g Gouda / 200 g Kartoffeln

Zubereitung:

1. Den Spargel schälen und die holzigen Enden entfernen. Salzwasser aufkochen und den Spargel darin mit etwas Halbfettbutter sowie etwas Süßstoff garen. Den Knoblauch sowie die Zwiebel schälen und hacken. Beides in einer Pfanne dünsten. Danach den Blattspinat hinzugeben und für 5 Minuten dünsten. Den Spinat mit Muskat, Salz und Pfeffer würzen.
2. Eine Auflaufform einfetten und den Spargel hineingeben. Darüber den Spinat verteilen. Die Soße Hollandaise mit Spargelwasser nach Anweisung zubereiten. Die Soße über den Spinat geben.
3. Den Auflauf mit dem Käse bestreuen und für 15 Minuten bei 180 °C backen. Wasser aufkochen und die Kartoffeln darin garen.

Spargel mit Soße Hollandaise

Zutaten für 1 Portion:
Gehackte Petersilie / 200 g Spargel / Schnittlauchröllchen / 150 g Brokkoli / Zitronensaft / 2 TL geriebener Käse / Muskat / 100 ml Soße Hollandaise / Salz / 1 TL Butter

Zubereitung:

1. Den Spargel waschen und schälen. Salzwasser mit etwas Zucker sowie 1 TL Butter aufkochen und den Spargel darin garen. Den Brokkoli waschen und in Röschen teilen. Erneut Salzwasser aufkochen und den Brokkoli darin kochen. Danach abschütten.
2. Die Soße Hollandaise mit Spargelwasser nach Anweisung zubereiten und mit Zitronensaft, Salz, Muskat sowie Pfeffer würzen. Den Käse unter die Soße rühren und das Gemüse hinzugeben. Das Gemüse nochmals erhitzen.
3. Den Spargel mit dem Gemüse in der Soße anrichten und mit Petersilie sowie dem Schnittlauch garnieren.

Spaghetti mit Schmand-Spargel

Zutaten für 1 Portion:
1 TL Schmand / 80 g Spaghetti / gehackter Kerbel / 150 g Spargelbruch / 1 TL geriebene Zitronenschale / Salz / 1 TL Butter / Zucker / 100 g Zuckerschoten

Zubereitung:

1. Die Spaghetti nach Anweisung kochen. Den Spargel schälen. Wasser mit Salz und Zucker aufkochen und den Spargel darin für 15 Minuten kochen.
2. Die Zuckerschoten waschen und für 6 Minuten mit zu dem Spargel geben. Die Zuckerschoten und den Spargel abschütten.
3. Butter in einer Pfanne erhitzen und das Gemüse darin schwenken. Dieses mit Kerbel, Salz sowie Zitronenschale würzen. Zum Schluss die Spaghetti und den Schmand unterrühren.

Gebratene Artischocken mit Tomaten

Zutaten für 1 Portion:
Basilikumblätter / ½ Dose Artischockenherzen / 10 g Kräuterbutter / 1 Tomate / 50 g Baguette / Fett / ½ Mozzarella / ½ Knoblauchzehe / weißer Pfeffer / ½ EL Olivenöl / Salz

Zubereitung:

1. Den Backofen auf 200 °C erhitzen. Die Artischockenherzen abtropfen und halbieren. Die Tomate waschen und vierteln. Eine Auflaufform einfetten und die Tomate mit den Artischocken darin schichten.
2. Den Knoblauch schälen und hacken. Diesen mit Pfeffer, Öl und Salz mischen. Die Mischung über die Artischocken geben und das Gemüse für 10 Minuten backen. Den Mozzarella in Scheiben schneiden. Diesen auf das Gemüse geben und für weitere 10–15 Minuten backen.
3. Das Baguette in Scheiben schneiden und mit der Kräuterbutter bestreichen. Das Gemüse aus dem Backofen nehmen und die Baguettescheiben darin für 3 Minuten rösten. Die Baguettescheiben mit dem Gemüse anrichten und mit dem Basilikum garnieren.

Auberginenauflauf

Zutaten für 1 Portion:
1 EL Tomatenmark / 1 Aubergine / Pfeffer / ¼ Zwiebel / Mehl / ½ Knoblauchzehe / 100 g Gouda / 1 Tomate / ½ TL Brühe

Zubereitung:

1. Die Tomaten waschen und klein schneiden. Die Zwiebel schälen und hacken. Den Knoblauch schälen und zerdrücken. Die Tomaten mit dem Knoblauch sowie der Zwiebel mischen. Dazu Pfeffer, 4 EL Wasser und das Tomatenmark rühren.
2. Die Aubergine waschen und in Scheiben schneiden. Diese mit Salz würzen und in dem Mehl wenden. In einer Pfanne Öl erhitzen und die Auberginenscheiben von beiden Seiten anbraten. Den Backofen auf 250 °C erhitzen.
3. Eine Auflaufform einfetten und die Auberginenscheiben hineingeben. Nach jeder Schicht Soße darauf verteilen und mit dem Käse bestreuen. Den Auflauf für 20 Minuten backen.

Paprikapfanne

Zutaten für 1 Portion:
Salz / 2 Tomaten / ½ TL Harissa / 1 grüne Paprika / 1 Ei / 1 Zwiebel / 3 Knoblauchzehen

Zubereitung:

1. Die Zwiebel schälen und in Streifen schneiden. Die Paprika entkernen, waschen und ebenfalls in Streifen schneiden. Öl in einer Pfanne erhitzen und die Zwiebel mit der Paprika anbraten.
2. Die Tomaten waschen und würfeln. Diese zu der Paprika geben und schmoren lassen. Den Knoblauch schälen und in Scheiben schneiden.
3. Das Gemüse mit Salz und Harissa abschmecken. Danach das Ei unterrühren und stocken lassen.

Buchweizen-Gemüse-Pfanne

Zutaten für 1 Portion:
1 TL geriebener Käse / 1/8 l Gemüsebrühe / weißer Pfeffer / 50 g Buchweizen / Knoblauchpulver / 1 Lorbeerblatt / getrockneter Majoran / 1 Gewürznelke / 1 Eigelb / 1 Zwiebel / 1 EL saure Sahne / 50 g Champignons / 1 TL Olivenöl / 1 Karotte / 50 g Knollensellerie

Zubereitung:

1. Die Gemüsebrühe aufkochen und den Buchweizen hineinstreuen. Danach die Nelke und das Lorbeerblatt hinzugeben. Den Buchweizen für 15–20 Minuten quellen lassen. Die Zwiebel schälen und würfeln. Die Champignons waschen und hacken. Die Karotten waschen. Den Sellerie schälen und würfeln.
2. In einer Pfanne das Öl erhitzen und die Pilze mit dem Gemüse darin dünsten. Danach das Gemüse vom Herd nehmen und abkühlen lassen. Die saure Sahne einrühren und das Eigelb hinzugeben. Den Backofen auf 200 °C erhitzen.
3. Die Nelken und das Lorbeerblatt entfernen. Das Gemüse zu dem Buchweizen geben und unterheben. Die Masse mit Pfeffer, Majoran sowie dem Knoblauch würzen. Darüber den Käse streuen und überbacken.

Champignon-Pfanne

Zutaten für 1 Portion:

Koriander / 100 g Champignons / Minze / 1 EL Olivenöl / Salz / 1 / 2 Lorbeerblatt / 60 g Crème fraîche / 1 Knoblauchzehe / 1 grüne Chilischote

Zubereitung:

1. Den Knoblauch schälen und hacken. Die Chilischote entkernen und hacken. Die Champignons waschen und halbieren.
2. In einer Pfanne Öl erhitzen und das Lorbeerblatt mit der Chilischote sowie dem Knoblauch darin anbraten. Danach die Champignons hinzugeben und mit braten.
3. Die Pfanne vom Herd nehmen und mit Minze, Crème fraîche, dem Koriander sowie dem Salz abschmecken. Die Champignons erneut kurz erhitzen und servieren.

Oliven-Champignon-Pfanne

Zutaten für 1 Portion:

Pfeffer / 250 g Champignons / Salz / 1 Zwiebel / 40 g Feta / 1 Knoblauchzehe / ¼ Bund Petersilie / 1 EL Olivenöl / 25 g schwarze, entsteinte Oliven

Zubereitung:

1. Die Champignons waschen und halbieren. Die Zwiebel schälen und in Spalten schneiden. Den Knoblauch schälen und hacken. Die Petersilie waschen und hacken. Den Feta zerbröseln. Die Oliven vierteln.
2. In einer Pfanne das Öl erhitzen und die Champignons darin für 10–15 Minuten unter Wenden anbraten. Danach die Zwiebeln und den Knoblauch hinzugeben. Die Champignons mit Salz sowie Pfeffer würzen.
3. Den Feta mit den Oliven über die Champignons streuen und anrichten. Darüber Pfeffer sowie Petersilie streuen und servieren.

Panierte Champignon-Spieße mit Feldsalat

Zutaten für 1 Portion:
50 g Magerjoghurt / 25 g Feldsalat / 25 g Gewürzgurken / 1 EL Öl / Salz / 2 EL Vollkorn-Paniermehl / weißer Pfeffer / 1 EL Milch / 1 EL Essig / 100 g Champignons / Süßstoff / 50 g Apfel / 1 Zwiebel

Zubereitung:

1. Die Gewürzgurke würfeln und unter den Joghurt mischen. Die Mischung mit Salz sowie Pfeffer würzen. Den Essig mit etwas Süßstoff, 1 TL Wasser, Pfeffer und Salz verrühren. Die Zwiebel schälen und in Ringe schneiden. Den Apfel waschen, entkernen und in Scheiben schneiden. Die Zwiebel sowie den Apfel unter die Essig-Mischung heben.
2. Die Champignons waschen und auf Spieße stecken. Danach die Spieße in der Milch und anschließend in dem Paniermehl wenden. In einer Pfanne Öl erhitzen und die Spieße darin unter Wenden anbraten.
3. Den Feldsalat waschen und mit der Marinade mischen. Mit den panierten Champignon-Spießen anrichten.

Gemischte Pilzpfanne

Zutaten für 1 Portion:
1 Tropfen Pfeffersoße / 125 g Austernpilze / 1–2 Tropfen Worcestersoße / 65 g weiße Champignons / weißer Pfeffer / 65 g braune Champignons / 25 g Sahne / 50 g Möhren / ½ Knoblauchzehe / 50 g Lauch / 1 ½ EL Erdnussöl / 65 g Zucchini / ¼ Zwiebel

Zubereitung:

1. Die Pilze säubern. Den Stiel der Austernpilze entfernen und die Pilze in Streifen schneiden. Die Champignons vierteln. Die Möhren schälen und in Scheiben schneiden. Den Lauch wachen und in Ringe schneiden. Die Zucchini waschen und würfeln. Die Zwiebel schälen und würfeln. Den Knoblauch schälen und zerdrücken.
2. In einem Wok die Hälfte des Öls erhitzen. Die Zwiebel mit den Pilzen darin anbraten. Die Pilze herausnehmen. Die Möhren mit der Zucchini sowie dem Lauch in dem restlichen Öl anbraten. Den Knoblauch hinzugeben und die Pilze unterrühren.
3. Mit der Sahne ablöschen und aufkochen lassen. Die Pilzpfanne mit Salz, Pfeffer sowie der Worcestersoße und der Pfeffersoße abschmecken.

Süßer Kartoffel-Auflauf

Zutaten für 1 Portion:
1 Prise Zucker / 2 Kartoffeln / 1 Prise Muskat / 1 Apfel / 1 Prise Salz / 1 Eigelb / 1 cl Calvados / 125 ml Sahne

Zubereitung:

1. Die Kartoffeln schälen und in Scheiben schneiden. Den Apfel waschen, entkernen und in Scheiben schneiden. Eine Auflaufform einfetten und die Kartoffelscheiben mit den Apfelscheiben abwechselnd in die Auflaufform geben.
2. Die Sahne mit dem Eigelb sowie den Gewürzen und dem Calvados mischen. Die Mischung über die Kartoffeln geben. Den Backofen vorheizen.
3. Den Auflauf im Backofen bei 200 °C für 25 Minuten backen.

Ofenkartoffeln mit Kräuter-Quark

Zutaten für 1 Portion:
Paprikapulver / 3 Kartoffeln / Pfeffer / Salz / 50 ml Milch / Majoran / 125 g Magerquark / 1 Bund Schnittlauch / ½ Zwiebel / 1 Bund Dill / ½ Bund Petersilie

Zubereitung:

1. Die Kartoffeln waschen und abtrocknen. Diese mit dem Majoran sowie dem Salz würzen. Die Kartoffeln in Alufolie wickeln. Diese auf ein Backblech geben und für 40 Minuten bei 180 Grad garen.
2. Die Kräuter waschen und hacken. Die Zwiebel schälen und würfeln. Den Magerquark mit der Zwiebel sowie den Kräutern mischen. Den Kräuter-Quark abschmecken.
3. Die fertigen Kartoffeln aus der Folie entfernen und mit dem Kräuter-Quark anrichten.

Einfache Folienkartoffeln

Zutaten für 2 Portionen:
Alufolie / 4–5 Kartoffeln / Pfeffer / 2 Zwiebeln / Salz / 3–4 EL Olivenöl

Zubereitung:

1. Die Kartoffeln waschen. Die Zwiebel schälen und in Viertel schneiden. Aus der Alufolie Päckchen formen und die Kartoffeln mit der Zwiebel hineingeben.
2. Über die Kartoffeln Öl geben und Salz sowie Pfeffer darüber streuen. Die Päckchen mit Alufolie bedecken und bei 180 °C für 35–40 Minuten backen.

Fruchtige Kartoffel-Spieße

Zutaten für 1 Portion:
Olivenöl / 150 g Kartoffeln / Salz / 2 Birnen / 1 TL gehackter Rosmarin / 1 EL Honig / 10 g geriebener light Käse / 50 g fettarmer Frischkäse

Zubereitung:

1. Die Kartoffeln waschen und kochen. Die Birnen schälen, entkernen und würfeln. Die Kartoffeln in Viertel schneiden und abwechselnd mit der Birne auf Spieße stecken.
2. Olivenöl in einer Pfanne erhitzen und die Spieße darin anbraten. Darüber den Honig träufeln und den Rosmarin darüber streuen.
3. Den Käse mit dem Frischkäse vermischen. Die Spieße in eine Auflaufform geben und die Frischkäse-Masse darüber verteilen. Die Spieße für 10 Minuten backen.

Käse-Kartoffeln mit Gemüse

Zutaten für 1 Portion:
weißer Pfeffer / 1 Zwiebel / Salz / 1 Knoblauchzehe / Hartkäse / 1 Möhre / 100 g Champignons / 300 g Kartoffeln / 100 g gefrorener Blattspinat / 1 EL Olivenöl

Zubereitung:

1. Die Zwiebel schälen und würfeln. Den Knoblauch schälen und hacken. Die Möhren schälen und in Scheiben schneiden. Die Kartoffeln schälen und in Würfel schneiden.
2. In einer Pfanne Öl erhitzen und die Kartoffeln mit dem Knoblauch, den Möhren und der Zwiebel darin für 10 Minuten anbraten. Den Spinat hinzugeben und für 5 Minuten mit garen. Die Champignons waschen und in Scheiben schneiden. Diese zu den Kartoffeln geben und für 5 Minuten braten.
3. Den Hartkäse reiben. Das Gemüse zu den Kartoffeln geben und mit Salz sowie Pfeffer würzen. Darüber den Käse streuen und schmelzen lassen.

Kartoffel-Paprika-Auflauf

Zutaten für 1 Portion:
Butter / 125 g Pellkartoffeln / Pfeffer / ½ Zwiebel / Salz / ½ rote Paprikaschote / 40 g geriebener Käse

Zubereitung:

1. Den Backofen auf 225 °C erhitzen. Die Kartoffeln in Scheiben schneiden. Die Zwiebel schälen und in Scheiben schneiden. Die Paprika entkernen, waschen und in Streifen schneiden.
2. Wasser aufkochen und die Paprika mit den Zwiebeln für 3 Minuten in dem Wasser blanchieren. Das Gemüse sowie die Zwiebeln abtropfen lassen. Eine Auflaufform einfetten. Die Kartoffelscheiben abwechselnd mit dem Gemüse in die Auflaufform geben und mit Salz sowie Pfeffer würzen.
3. Den Käse über die Kartoffeln geben und für 15 Minuten überbacken.

Rührei-Kartoffel

Zutaten für 1 Portion:
Pfeffer / 200 g gekochte Kartoffeln / Salz / 1 Scheibe Toastbrot / 2 Eier / 1–2 EL Öl

Zubereitung:
1. Die Kartoffeln schälen und würfeln. Das Toastbrot würfeln. In einer Pfanne 1 EL Öl erhitzen und das Toastbrot mit den Kartoffeln darin rösten.
2. Die Eier verquirlen und mit Salz sowie Pfeffer würzen. In der Pfanne das restliche Öl erhitzen und die Eiermasse hinzugeben.
3. Die Eier unter Rühren stocken lassen und servieren.

Kartoffel-Pfanne mit Sesam

Zutaten für 1 Portion:
Schnittlauch / 300 g festkochende Kartoffeln / weißer Pfeffer / 2–3 Lauchzwiebeln / Salz / 100 g Tomaten / 1 EL Öl / 1 EL Sesam

Zubereitung:
1. Die Kartoffeln waschen. Wasser aufkochen und die Kartoffeln darin für 15 Minuten kochen. Die Kartoffeln abschütten und abschrecken. Danach abkühlen lassen und pellen. Die Lauchzwiebeln waschen und klein schneiden. Die Tomaten waschen und vierteln.
2. In einer Pfanne ohne Fett den Sesam rösten und aus der Pfanne nehmen. In derselben Pfanne Fett erhitzen und die Kartoffeln darin unter Wenden anbraten. Die Kartoffeln mit Salz sowie Pfeffer würzen. Die Lauchzwiebeln und die Tomaten hinzugeben und für 5 Minuten braten. Die Kartoffelpfanne mit Salz sowie Pfeffer würzen.
3. Den Schnittlauch waschen und hacken. Die Kartoffelpfanne mit dem Sesam garnieren und servieren.

Pellkartoffel mit Kräuterquark

Zutaten für 1 Portion:
Pfeffer / 200 g Kartoffeln / Salz / ½ Knoblauchzehe / 30 g Sahne / ½ Zwiebel / 125 g Magerquark / ¼ Bund gemischte Kräuter

Zubereitung:

1. Die Kartoffeln waschen. Wasser erhitzen und die Kartoffeln darin garen. Den Knoblauch sowie die Zwiebel schälen und hacken.
2. Die Kräuter waschen und hacken. Die Sahne und den Quark verrühren. Den Knoblauch sowie die Zwiebel und die Kräuter unterrühren. Den Quark mit Salz sowie Pfeffer würzen.
3. Die fertigen Kartoffeln abschütten und pellen. Die Pellkartoffeln mit dem Kräuterquark anrichten.

Kartoffel-Paprika-Pfanne

Zutaten für 1 Portion:
Thymianzweige / 250–300 g Kartoffeln / Majoran / ½ rote Paprikaschote / 1 Knoblauchzehe / 1 EL Linsenkeimlinge / 1 EL gekeimte Kichererbsen

Zubereitung:

1. Die Kartoffeln kochen, pellen und in der Länge halbieren. Die Paprika entkernen, waschen und vierteln. Wasser aufkochen und die Paprika für 5–8 Minuten kochen. Danach abschütten und häuten. Das Paprikafruchtfleisch würfeln.
2. Die gekeimten Kichererbsen mit den Linsenkeimlingen waschen und abtropfen lassen. In einer Pfanne das Olivenöl erhitzen. Die Kartoffeln hinzugeben und mit Thymian anbraten. Die Kartoffeln herausnehmen und warmhalten.
3. In dieselbe Pfanne die Paprikawürfel sowie die Keimlinge geben und anschwitzen. Den Knoblauch schälen und in Scheiben schneiden. Diesen zu der Paprika geben und mit dem Majoran würzen. Das Gemüse mit Salz sowie Pfeffer würzen. Die Kartoffeln anrichten und das Gemüse darüber geben.

Kartoffelpuffer mit Käse

Zutaten für 1 Portion:
2 EL Butter / 4 Pellkartoffeln / Majoran / 100 g geriebener Emmentaler / Pfeffer / Salz

Zubereitung:

1. Die Pellkartoffeln reiben und mit dem Käse mischen. Die Masse mit Majoran, Salz sowie Pfeffer würzen.
2. In einer Pfanne die Butter erhitzen und die Kartoffelmasse portionsweise darin anbraten.

Käse-Spätzle

Zutaten für 1 Portion:
1–2 EL geriebener Emmentaler Käse / 100 g feingemahlenes Weizenvollkornmehl / 1 TL Öl / 1 Ei / 1 Zwiebel / 1 Prise Muskatnuss / 1 Prise Kräutersalz

Zubereitung:

1. Das Ei mit den Gewürzen, etwas Wasser sowie dem Mehl verrühren und einen Teig herstellen. Aus dem Teig Spätzle zubereiten. Salzwasser aufkochen und die Spätzle hineingeben.
2. Die Spätzle einmal umrühren und aufkochen, bis diese an der Oberfläche schwimmen. Die Zwiebel schälen und würfeln.
3. In einer Pfanne Öl erhitzen und die Zwiebel darin anbraten. Die fertigen Spätzle mit einer Lochkelle aus dem Wasser nehmen und auf einen Teller geben. Darüber die Zwiebeln sowie den Käse streuen und servieren.

Bandnudeln mit Tomaten-Artischocken-Gemüse

Zutaten für 2 Portionen:
1 Prise gekörnte Gemüsebrühe / 2 junge Artischocken / ½ TL Olivenöl / 375 ml Wasser / ½ TL Rosmarinöl / 1 EL Obstessig / 1 getrocknete Tomate in Öl eingelegt / Salz / ½ Knoblauchzehe / Pfeffer / 1 / 2 Schalotte / 200 g Tagliatelle / 1 Fleischtomate

Zubereitung:
1. Von den Artischocken die äußeren Blätter entfernen. Die Blattspitzen mit einer Schere abschneiden. Wasser mit Essig mischen und aufkochen. Die Artischocken hinzugeben und für 20 Minuten bei geringer Hitze kochen lassen.
2. Den Knoblauch sowie die Schalotte schälen und würfeln. Wasser aufkochen und die Tomate damit überbrühen. Danach die Tomate häuten und das Fruchtfleisch würfeln. Die getrocknete Tomate abtupfen und in Streifen schneiden. In einer Pfanne das Olivenöl und das Rosmarinöl erhitzen. Den Knoblauch mit der Schalotte darin anbraten.
3. Die beiden Tomatensorten hinzugeben und für 5 Minuten bei geringer Hitze köcheln lassen. Salzwasser erhitzen und die Nudeln nach Anweisung garen. Diese abschütten und abtropfen lassen. Die Artischocken zu den Tomaten geben und verrühren. Die Nudeln zu dem Gemüse geben und mischen.

Bandnudeln mit Zucchinisoße

Zutaten für 1 Portion:
50 g Schafskäse / 80 g Vollkornbandnudeln / Pfeffer / Jodsalz / 75 ml Instant-Gemüsebrühe / 1 Schalotte / 1 TL Olivenöl / 1 Knoblauchzehe / 350 g Zucchini

Zubereitung:
1. Salzwasser aufkochen und die Nudeln darin für 8 Minuten garen. Danach abschütten und abtropfen lassen. Den Knoblauch sowie die Schalotte schälen und hacken. Die Zucchini waschen und in Würfel schneiden.
2. In einem Topf Olivenöl erhitzen. Den Knoblauch mit der Schalotte darin dünsten. Danach die Zucchini hinzugeben und für 5 Minuten dünsten. Mit der Brühe ablöschen und mit Salz sowie Pfeffer würzen. Die Zucchini pürieren und abschmecken.
3. Den Schafskäse zerbröseln. Die Nudeln anrichten und die Soße darüber geben. Den Schafskäse darüber streuen und servieren.

Grüne Nudeln mit Käsesoße

Zutaten für 1 Portion:
1 EL gehackte Petersilie / 125 g grüne Fettuccine / 1 TL Zitronensaft / Salz / ½ Knoblauchzehe / Pfeffer / 50 g Sahne / 75 g Gorgonzola

Zubereitung:
1. Salzwasser aufkochen und die Fettuccine nach Anweisung kochen. Danach abschütten. Die Rinde des Gorgonzola entfernen und den Käse in Stücke schneiden. In einem Topf die Sahne erhitzen und den Gorgonzola darin schmelzen lassen.
2. Die Soße bei geringer Hitze für 3 Minuten köcheln lassen. Danach die Soße mit Salz sowie Pfeffer würzen. Den Knoblauch schälen und durch eine Knoblauchpresse in die Soße drücken. Die Soße mit etwas Zitronensaft würzen.
3. Die Nudeln anrichten und die Soße darauf geben. Über die Soße die Petersilie streuen und servieren.

100 Spätzle mit Zwiebelringen

Zutaten für 1 Portion:
Öl / 100 g Mehl / 1 Zwiebel / 1 Ei / 100 g geriebener Käse / Wasser / Salz

Zubereitung:
1. Das Ei mit dem Wasser und dem Mehl verrühren. Aus der Masse einen Teig herstellen. Salzwasser aufkochen und den Teig durch eine Spätzlehobel in das Wasser geben. Nachdem die Spätzle an der Oberfläche schwimmen, für weitere 2 bis 3 Minuten kochen lassen. Danach die Spätzle abschütten.
2. Eine Auflaufform mit Backpapier auslegen. Die Spätzle mit dem Käse vermischen und in die Auflaufform geben. Diese bei 100 °C im Backofen wärmen.
3. Die Zwiebel schälen und in Ringe schneiden. Öl in einer Pfanne erhitzen und die Zwiebelringe darin anbraten. Die Zwiebelringe abtupfen. Die fertigen Spätzle anrichten und die Zwiebelringe darauf verteilen.

Nudeln mit gebratenen Artischocken

Zutaten für 1 Portion:
375 ml Wasser / 2 Artischocken / Pfeffer / 150 g Nudeln / 1 Prise Gemüsebrühe / 1 Fleischtomate / Salz / ½ TL Olivenöl / ½ Zwiebel / 1 EL Obstessig / ½ Knoblauchzehe / 1 getrocknete Tomate eingelegt

Zubereitung:

1. Die äußeren Blätter sowie die Blattspitzen der Artischocken entfernen. Den Essig mit dem Wasser mischen und aufkochen lassen. Die Artischocken hinzugeben und für 20 Minuten kochen.
2. Die Nudeln nach Anweisung kochen. Den Knoblauch sowie die Zwiebel schälen und würfeln. Erneut Wasser aufkochen und die Fleischtomate damit überbrühen. Die Tomate häuten und das Fruchtfleisch würfeln. Die getrocknete Tomate abtropfen lassen und in Streifen schneiden.
3. In einer Pfanne Olivenöl erhitzen und den Knoblauch mit der Zwiebel darin anbraten. Danach die Fleischtomate hinzugeben und für 5 Minuten kochen lassen. Die Artischocke hinzugeben und mischen. Die Nudeln unterrühren und servieren.

Nudeln mit gemischter Pilz-Soße

Zutaten für 1 Portion:
Pfeffer / 1 Möhre / 1 Spritzer Zitronensaft / 75 g Champignons / ½ TL eingelegte grüne Pfefferkörner / 50 g Austernpilze / Kerbelzweige / 100 g Bandnudeln / ½ TL Kräuterlinge / Salz / 100 ml Sahne / 1 EL Öl / 1 TL Mehl

Zubereitung:

1. Die Möhren schälen und würfeln. Die Pilze waschen. Die Champignons halbieren und die Austernpilze klein schneiden. Salzwasser aufkochen und die Nudeln darin nach Anweisung kochen.
2. In einer Pfanne das Öl erhitzen und die Pilze darin anbraten. Danach die Möhren hinzugeben und dünsten. Mit dem Mehl bestäuben und anschwitzen. Danach mit 50 ml Wasser ablöschen und die Sahne einrühren. Die Soße aufkochen lassen und mit den Kräutern würzen. Die Soße für 3 Minuten köcheln lassen.
3. Den Kerbel waschen und die Blätter zupfen. Die Pfefferkörner abtropfen lassen und mit dem Kerbel zu der Pilz-Soße geben. Diese nochmals mit Salz, Zitronensaft sowie dem Pfeffer würzen. Die fertigen Nudeln abtropfen und anrichten. Darüber die Pilz-Soße geben und servieren.

Überbackene Mandel-Spargel-Nudeln

Zutaten für 1 Portion:
1 EL gehackte Petersilie / 250 g grüner Spargel / Kräutersalz / 1 Knoblauchzehe / 1 TL Obstessig / 30 g Emmentaler / 1 Radicchio / Meersalz / 1 EL Sojasoße / 70 g Vollkornnudeln / 1 TL gehackte Mandeln / 2 TL kalt gepresstes Olivenöl

Zubereitung:

1. Den Spargel waschen, die Enden entfernen und den Spargel klein schneiden. Den Knoblauch schälen und hacken. Den Käse würfeln. Salzwasser aufkochen und die Nudeln nach Anweisung zubereiten. Diese abschütten und abtropfen lassen.
2. In einer Pfanne 1 TL Öl erhitzen und den Spargel mit den Mandeln darin unter Rühren für 8 bis 10 Minuten braten. Die Nudeln mit in die Pfanne geben und den Käse darüber verteilen. Den Käse bei geringer Hitze schmelzen lassen.
3. Den Radicchio waschen und abtropfen lassen. Diesen auf einem Teller anrichten und das restliche Olivenöl sowie den Obstessig darüber geben. Den Radicchio mit Petersilie sowie Salz würzen und zusammen mit den Nudeln anrichten.

Gebratene Spaghetti mit Oliven

Zutaten für 1 Portion:
Pfeffer / 60 g Spaghetti / Salz / 5 g entsteinte schwarze Oliven / Paprikapulver / 3 g Kapern / ½ Knoblauchzehe / ½ TL Olivenöl

Zubereitung:

1. Salzwasser aufkochen und die Spaghetti darin nach Anweisung kochen. Danach die Spaghetti abschütten und abtropfen lassen. Die Oliven in Scheiben schneiden. Die Kapern hacken. Den Knoblauch schälen und zerdrücken.
2. In einer Pfanne das Öl erhitzen und die Spaghetti darin schwenken. Danach die Oliven sowie die Kapern hinzugeben und verrühren. Die Spaghetti mit Paprikapulver, Salz sowie Pfeffer würzen. Danach den Knoblauch hinzugeben und servieren.

Spaghetti mit scharfem Rucola

Zutaten für 1 Portion:
geriebener Parmesan / 125 g Spaghetti / 8 Kirschtomaten / 1 Schalotte / weißer Pfeffer / 1 Knoblauchzehe / Salz / 2 EL Olivenöl / 75 g Rucola / ½ Chilischote

Zubereitung:

1. Salzwasser aufkochen und die Spaghetti darin kochen. Die Schalotte schälen und hacken. Den Knoblauch schälen und in Scheiben schneiden. Die Chilischote in Ringe schneiden. Den Rucola waschen und klein schneiden. Die Tomaten waschen und halbieren.
2. Öl in einer Pfanne erhitzen und den Knoblauch mit der Schalotte darin dünsten. Den Rucola und die Chili hinzugeben. Danach die Tomaten unterrühren.
3. Die fertigen Nudeln abtropfen lassen und zu dem Rucola geben. Die Nudeln mit Salz sowie Pfeffer würzen und anrichten. Vor dem Servieren mit dem Parmesan garnieren.

Spaghetti in fruchtig-scharfer Soße

Zutaten für 1 Portion:
Italienische Kräuter / 125 g Spaghetti / 1 kl. Dose Ananas / 1 Dose Tomatenmark / Cayennepfeffer / Olivenöl / 1 Zwiebel / Salz

Zubereitung:

1. Salzwasser aufkochen und die Spaghetti darin nach Anweisung kochen. Die Zwiebel schälen und hacken. In einer Pfanne Olivenöl erhitzen und die Zwiebel darin dünsten.
2. Die Ananas klein schneiden. Dabei den Ananassaft auffangen und diesen mit dem Tomatenmark verrühren. Die Soße mit Cayennepfeffer, italienischen Kräutern sowie dem Salz würzen.
3. Die Spaghetti anrichten und mit der Ananassoße servieren.

Tagliatelle mit gebratener Tomatensoße

Zutaten für 1 Portion:
Butter / 150 g Tagliatelle / Basilikum / 2 EL Olivenöl / Zucker / 1 Schalotte / Pfeffer / ½ Knoblauchzehe / Salz / 2 Tomaten

Zubereitung:

1. In einem Topf Olivenöl erhitzen. Den Knoblauch sowie die Schalotte schälen. Beides hacken und in dem Olivenöl dünsten. Die Tomaten mit kochendem Wasser übergießen und häuten. Das Fruchtfleisch würfeln und die Tomatenwürfel mit in die Pfanne geben. Die Tomaten einkochen lassen und mit Zucker, Salz sowie Pfeffer und Basilikum würzen.
2. Wasser aufkochen und die Tagliatelle nach Anweisung kochen. Die Butter zu der Tomatensoße geben und verrühren. Danach die fertigen Tagliatelle hinzugeben.
3. Die Nudeln die Soße aufsaugen lassen und anrichten.

Mandel-Tortellini in Sahne-Soße

Zutaten für 1 Portion:
1 EL Butter / 125 g Käsetortellini / Salz / 150 ml Sahne / Pfeffer / 50 g gehobelte Mandeln

Zubereitung:

1. Die Tortellini nach Anweisung kochen. Die Butter in einer Pfanne erhitzen und die Mandeln darin rösten. Danach die fertig gekochten Tortellini hinzugeben und verrühren.
2. Die Tortellini mit der Sahne ablöschen und aufkochen lassen. Die Tortellini in der Sahne-Soße mit Salz sowie Pfeffer würzen.

Einfache Käsenudeln

Zutaten für 2 Portionen:
Etwas Pfeffer / 300 g Nudeln / etwas Salz / 1 TL Butter / geriebener Parmesan

Zubereitung:

1. Wasser aufkochen und die Nudeln darin nach Anweisung kochen. Die fertigen Nudeln abtropfen lassen und mit 1 EL Butter sowie dem Parmesan vermischen.
2. Die Nudeln mit Salz und Pfeffer würzen. Die fertigen Käsenudeln anrichten und servieren.

Tortellini-Spinat-Auflauf

Zutaten für 1 Portion:
Salz / 125 g Käsetortellini / Olivenöl / 250 g Spinat / Muskatnuss / 125 g Mozzarella / Pfeffer / getrocknetes Basilikum

Zubereitung:

1. Den Spinat nach Anweisung in einem Topf auftauen lassen. Die Tortellini nach Anweisung kochen. Den Mozzarella abtropfen lassen und in Scheiben schneiden.
2. Eine Auflaufform einfetten und den Spinat mit den Tortellini hineingeben. Beides mit Muskat, Salz, Pfeffer sowie Basilikum würzen.
3. Darüber den Mozzarella geben und für 40 Minuten bei 220 °C überbacken.

Schwarzwurzel in Sahnesoße

Zutaten für 1 Portion:
Schnittlauch / 200 g Schwarzwurzel / 50 ml Sahne / 1 Zwiebel / 1 EL Zitronensaft / 20 g Butter / ½ TL Zucker / Pfeffer

Zubereitung:

1. Die Schwarzwurzel schälen und klein schneiden. Die Zwiebel schälen und würfeln. Butter erhitzen und die Zwiebel mit der Schwarzwurzel darin anschwitzen. Danach mit etwas Wasser ablöschen und würzen. Die Schwarzwurzel für 15 Minuten bei geringer Hitze köcheln lassen.
2. Die Sahne einrühren und einkochen lassen. Den Schnittlauch waschen und hacken. Diesen hinzugeben und abschmecken.

Sahne-Basilikum-Tarte

Zutaten für 2 Portionen:
Weißer Pfeffer / 200 g Weizenmehl / 150 g Butter / 1 Ei / schwarzer Pfeffer / 200 g Basilikumblätter / Salz / 100 g Sahne / 2 Knoblauchzehen / 6 Eier / 300 g Ricotta

Zubereitung:

1. Das Mehl mit 1 Ei sowie Salz und Butter zu einem Teig kneten. Den Teig in eine Springform mit 26 cm Durchmesser geben und dabei einen Rand hochziehen. Den Teigboden mit einer Gabel einstechen und im Kühlschrank für 2 Stunden ruhen lassen.
2. Das Basilikum waschen und mit der Sahne pürieren. Den Knoblauch schälen und hacken. Den Ricotta mit der Sahne-Basilikum-Masse sowie den restlichen Eiern und dem Knoblauch verrühren. Die Masse mit Salz und Pfeffer würzen.
3. Die Sahne-Basilikum-Masse auf den Teig geben und die Tarte für 40 Minuten bei 200 °C backen.

Schnelle Tomaten-Pizza

Zutaten für 1 Portion:
½ Mozzarella / 1 gefrorener Blätterteig / 1 Tomate / 1 bis 2 TL Pesto

Zubereitung:

1. Den Blätterteig auf ein Backblech geben und etwas mit der Gabel einstechen. Darauf das Pesto streichen.
2. Die Tomate waschen und in Scheiben schneiden. Den Mozzarella abschütten und ebenfalls in Scheiben schneiden. Beides auf dem Blätterteig verteilen.
3. Die Pizza für 10 bis 12 Minuten bei 200 °C backen.

Back-Camembert mit Beeren

Zutaten für 1 Portion:
2 EL Preiselbeermarmelade / 1 reifer Camembert / Öl / Wasser / 2 EL Paniermehl / 1 EL Mehl / 1 Ei

Zubereitung:

1. Etwas Wasser über den Camembert geben und anschließend in dem Mehl wälzen. Das Ei verquirlen und den Camembert darin wenden. Das Paniermehl darüber geben und die Seiten nochmals in dem Ei wenden. Den Camembert nochmals mit Paniermehl bestreuen und dieses fest drücken.
2. In einer Pfanne Öl erhitzen und den Camembert darin von beiden Seiten für 5 Minuten anbraten.
3. Den fertigen gebackenen Camembert abtropfen lassen und mit der Preiselbeermarmelade anrichten.

Süß-Sauer Omlette

Zutaten für 1 Portion:
Rosmarin / 60 ml fettarme Milch / 20 g schwarze Oliven / 1 Ei / 25 ml süß-saure Asia-Soße / 25 g Mehl / 2 TL Olivenöl / Salz / 1 Knoblauchzehe / Pfeffer / 25 g Schafskäse / 85 g Zucchini / 1 Tomate / 1 gelbe Paprika

Zubereitung:

1. Das Ei mit der Milch und dem Mehl verrühren. Danach mit Salz würzen. Den Rosmarin abzupfen. Die Zucchini waschen und in Scheiben schneiden. Die Paprika entkernen, waschen und klein schneiden. Die Tomate waschen, entkernen und achteln. Den Schafskäse würfeln. Den Knoblauch schälen und hacken.
2. In einer Pfanne 1 TL Olivenöl erhitzen. Die Zucchini mit dem Knoblauch sowie der Paprika darin dünsten. Mit der Asia-Soße sowie 3 EL Wasser ablöschen und aufkochen lassen. Den Schafskäse, die Oliven und die Tomaten hinzugeben und erhitzen. Diese mit Salz und Pfeffer würzen.
3. In einer Pfanne 1 TL Öl erhitzen und den Teig darin unter Wenden zu einem Pfannkuchen ausbacken. Die Rosmarinzweige hinzugeben und die Hälfte des Pfannkuchens mit Gemüse belegen. Das Omelett zusammenklappen und servieren.

Reis-Lauch-Topf

Zutaten für 1 Portion:
Pfeffer / 1 Zwiebel / 1 TL gehackt Petersilie / 1 / 2 Knoblauchzehe / 1–2 TL Crème fraîche / 1 TL Öl / 1 Tomate / ¼ Tasse Reis / ½ Lauchstange / ½ Tasse heiße Gemüsebrühe

Zubereitung:

1. Den Knoblauch sowie die Zwiebel schälen und würfeln. In einem Topf Öl erhitzen und die Zwiebel mit dem Knoblauch darin anbraten. Danach den Reis hinzugeben und mit braten. Anschließend mit der Gemüsebrühe ablöschen und aufkochen lassen.
2. Den Reis bei geringer Hitze für 10 Minuten köcheln lassen. Den Lauch waschen und in Ringe schneiden. Wasser aufkochen und die Tomaten damit übergießen. Die Tomate häuten, entkernen und das Fruchtfleisch würfeln.
3. Die Tomate mit dem Lauch zu dem Reis geben und verrühren. Den Reis-Lauch-Topf für 15 Minuten köcheln lassen. Danach die Crème fraîche einrühren und mit Pfeffer abschmecken. Vor dem Servieren mit der Petersilie garnieren.

Fisch

Geräuchertes Forellenfilet mit Ei

Zutaten für 1 Portion:
Dill / 100 g Kirschtomaten / 1 TL Öl / 2 Schnittlauchstiele / Pfeffer / 75 g geräuchertes Forellenfilet / Salz / 2 Eier / 5 EL Mineralwasser / 2 EL Sahne

Zubereitung:

1. Die Tomaten waschen und vierteln. Den Schnittlauch waschen und hacken. Das Forellenfilet klein schneiden.
2. Die Sahne mit dem Mineralwasser sowie den Eiern verquirlen. Die Eiermasse mit Salz, Pfeffer sowie dem Schnittlauch würzen.
3. In einer Pfanne Öl erhitzen und die Eiermasse hineingießen. Darüber den Fisch sowie die Tomaten geben und unter Rühren zu Rührei zubereiten. Zum Servieren den Dill darüber streuen.

Salbei-Aal

Zutaten für 2 Portionen:
¼ l Sahne / 1 kg frischer Aal / 1/8 l Weißwein / Salbeiblätter / 30 g Mehl / 80 g Butter

Zubereitung:

1. Den Aal abziehen und gegebenenfalls ausnehmen. Danach mit Salz einreiben und wieder abtrocknen. Den Aal mit den Salbeiblättern sowie etwas Zwirn umwickeln. Anschließend den Schwanz und den Kopf zusammenbinden.
2. 50 g Butter in einer Pfanne erhitzen und den Aal darin anbraten. Danach mit dem Wein ablöschen und für 20 Minuten ziehen lassen. Den Aal aus der Pfanne nehmen und warmhalten.
3. Das Mehl mit der restlichen Butter verkneten und zu dem Wein geben. Den Wein unter Rühren binden. Danach die Sahne einrühren und den Zwirn von dem Aal entfernen. Den fertigen Aal mit der Soße anrichten.

Rotbarschfilet mit Reis

Zutaten für 1 Portion:
¼ TL Speisestärke / 100 g Lauch / ½ bis 1 EL Sojasoße / 1 ½ EL Öl / Pfeffer / 65 g Basmatireis / Salz / 70 ml Brühe / ¼ Zitrone / 150 g Rotbarschfilet

Zubereitung:

1. Den Lauch waschen und in Ringe schneiden. 2 EL Öl in einem Topf erhitzen und den Lauch darin dünsten. Den Lauch aus der Pfanne nehmen und den Reis in dem Fett rösten. Den Reis mit der Brühe ablöschen und für 15 Minuten bei geschlossenem Deckel garen.
2. Den Rotbarsch waschen, abtrocknen und klein schneiden. Die Zitrone auspressen und den Fisch mit Zitronensaft beträufeln. Danach mit Salz bestreuen und ziehen lassen. In einer separaten Pfanne das restliche Öl erhitzen. Den Fisch abtrocknen und unter Wenden für 5 Minuten anbraten. Danach den Fisch aus der Pfanne nehmen.
3. Das Fett mit Sojasoße und 5 EL Wasser ablöschen. Die Stärke in etwas Wasser verrühren und in die Soße rühren. Die Soße mit Pfeffer würzen. Den Fisch zurück in die Soße geben und erwärmen. Den Lauch unter den Reis rühren und anrichten. Darauf den Fisch sowie Soße verteilen.

Kabeljau-Curry mit Reis

Zutaten für 1 Portion:
2 EL Crème fraîche / 200 g Kabeljaufilet / 1 EL Currypulver / 1 EL Zitronensaft / 50 g Möhren / Salz / 100 g Lauch / Pfeffer / 1 Fleischtomate / 3 EL Butter / 1 Glas Langkornreis

Zubereitung:

1. Das Kabeljaufilet waschen, abtrocknen und klein schneiden. Dieses mit Zitronensaft beträufeln und mit Salz sowie Pfeffer würzen. Danach abdecken und im Kühlschrank ziehen lassen.
2. Salzwasser aufkochen und den Reis hineingeben. Diesen für 18 Minuten garen. Wasser aufkochen und die Tomaten damit überbrühen. Anschließend die Tomaten häuten, entkernen und das Fruchtfleisch hacken. Den Lauch waschen und in Ringe schneiden. Die Möhren schälen und in Scheiben schneiden.
3. In einer Pfanne 1 EL Butter erhitzen. Das Gemüse hineingeben und mit dem Curry bestreuen. Danach die Crème fraîche einrühren und bei mittlerer Hitze für 10 Minuten garen. Danach das Gemüse mit Salz und Pfeffer würzen. Den Fisch hinzugeben und für weitere 5 Minuten garen. Den fertigen Reis abtropfen lassen. die übrige Butter erwärmen und den Reis darin schwenken. Diese nochmals mit Salz und Pfeffer würzen. Danach den Reis mit dem Fischcurry anrichten.

Kartoffel-Lachs-Auflauf

Zutaten für 1 Portion:
1–2 Scheiben Käse / 1 Glas Champignons / 150 g Lachs / 1 TL Instant-Gemüsebrühe / 2–3 Kartoffeln

Zubereitung:

1. Die Champignons inklusive der Flüssigkeit in eine Auflaufform geben. Darüber die Gemüsebrühe geben. Die Kartoffeln schälen und in Scheiben schneiden. Diese zu den Champignons geben. Den Lachs darüber verteilen. Anschließend mit dem Käse bedecken.
2. Den Auflauf bei 200 °C für 20 Minuten überbacken.

Fisch mit gemischtem Gemüse auf Salat

Zutaten für 1 Portion:
Petersilie / 200 g Kartoffeln / 2 TL Sojasoße / Salz / 1 EL Aceto Balsamico / 1 Möhre / 100 g Feldsalat / ½ Lauchstange / 2 EL Olivenöl / 100 g Champignons / Zitronensaft / 1 Fischfilet / Pfeffer

Zubereitung:

1. Salzwasser aufkochen. Die Kartoffeln schälen und in Salzwasser kochen. Die Möhre schälen und in Streifen schneiden. Den Lauch waschen und in Ringe schneiden. Die Champignons waschen und in Scheiben schneiden. Den Fisch waschen, abtrocknen und mit Salz, Pfeffer sowie Zitronensaft würzen.
2. Öl in einer Pfanne erhitzen und das Gemüse darin anbraten. In einer separaten Pfanne Öl erhitzen und den Fisch von beiden Seiten für 5 Minuten anbraten. Den Salat waschen. Öl, Pfeffer, Balsamico und Salz verrühren. Das Dressing mit dem Feldsalat mischen.
3. Das Gemüse mit Salz, Pfeffer sowie Sojasoße würzen. Die Petersilie waschen und hacken. Diese über das Gemüse streuen. Die Kartoffeln abschütten. Den Salat anrichten und den Fisch sowie die Kartoffeln mit dem Gemüse darauf verteilen.

Rotbarschfilet mit Fenchel und Reis

Zutaten für 1 Portion:
125 g Rotbarschfilet / Salz / 5 g Öl / Pfeffer / 30 g Langkornreis / Zitronensaft / 200 g Fenchel / 3 Dillstiele / 1 Ei

Zubereitung:

1. Salzwasser aufkochen und den Reis darin für 15 bis 20 Minuten garen. Das Rotbarschfilet waschen, abtrocknen und mit Zitronensaft beträufeln. Den Fenchel waschen, schälen und in Spalten schneiden. Erneut Salzwasser aufkochen und den Fenchel für 8 Minuten dünsten.
2. Den Fisch mit Salz und Pfeffer würzen. Das Ei verquirlen. Den Fisch darin wenden. Öl in einer Pfanne erhitzen und das Fischfilet für 3 bis 4 Minuten von jeder Seite anbraten. Das übrige Ei darüber geben und stocken lassen.
3. Den Dill waschen und hacken. Den Reis mit dem Fischfilet sowie dem Fenchel anrichten und mit dem Dill garnieren.

Seelachsfilet mit Hirse

Zutaten für 1 Portion:
1 EL Zitronensaft / 2 TL Arrowroot / 1 Prise weißer Pfeffer / Butter / 125 ml Wasser / 2 Eier / 200 g Seelachsfilet / 1 TL Basilikum / 100 g Möhren / 50 g Hirse / 6 EL Milch / ½ TL Meersalz

Zubereitung:

1. Den Fisch würfeln und mit Zitronensaft beträufeln. Danach mit Salz sowie Pfeffer würzen. Die Möhren schälen und würfeln. Die Hirse mit den Möhren mischen und bei geschlossenem Deckel für 10 Minuten in Wasser bei schwacher Hitze kochen lassen. Die Milch einrühren und für weitere 10 Minuten ziehen lassen. Die Hirse in einem Sieb abtropfen lassen.
2. Den Backofen auf 200 °C erhitzen. Eine Soufflé-Form einfetten. Die Eier trennen. Die Eigelbe mit der Hirse sowie dem Fisch und Basilikum vermischen. Das Eiweiß steif schlagen und das Arrowroot einrühren. Den Eischnee unter die Fischmasse heben.
3. Die Masse in die Soufflé-Form füllen und für 30 Minuten backen.

Fruchtig-scharfer Lachs

Zutaten für 1 Portion:
Salz / 2 EL Butter / weißer Pfeffer / 2 TL Ingwer / schwarzer Pfeffer / 250 g Lachsfilet ohne gräten / 2 Limonen

Zubereitung:

1. Die Limonen waschen, schälen und die Schale würfeln. Den Ingwer schälen und zerquetschen. Beides mit Salz und Pfeffer vermischen. Die Limone auspressen.
2. Den Lachs mit der Mischung einreiben und über Nacht ruhen lassen.
3. Am nächsten Tag den Grill erhitzen und den Lachs bei geringer Hitze grillen. Die Butter schmelzen und mit dem Limonensaft verrühren. Vor dem Servieren den Lachs mit der Limonenbutter bestreichen.

Forelle in Traubensoße

Zutaten für 1 Portion:
1 Msp. Cayennepfeffer / 50 g Zuckerschoten / weißer Pfeffer / ½ TL Salz / 60 g saure Sahne / 1 Tomate / 60 ml Fischfond / 50 g weiße Trauben / 60 ml trockener Riesling / 1 Forellenfilet / ½ Schalotte / 1 TL Butter

Zubereitung:

1. Die Zuckerschote waschen. Salzwasser aufkochen und die Zuckerschote für 2 Minuten blanchieren. Danach aus dem Wasser nehmen. Die Tomaten waschen und ebenfalls in dem Salzwasser blanchieren. Die Tomate abschrecken und häuten. Das Fruchtfleisch halbieren, entkernen und anschließend achteln. Die Trauben waschen, häuten, halbieren und ebenfalls entkernen.
2. Das Forellenfilet waschen und abtrocknen. Eine Auflaufform einfetten und die Forelle hineinlegen. Diese mit Salz und Pfeffer würzen. Die Trauben darüber verteilen und die Auflaufform mit der Alufolie abdecken. Den Backofen auf 180 °C vorheizen.
3. Die Schalotten schälen und hacken. In einer Pfanne 1 EL Butter erhitzen und die Schalotte darin dünsten. Diese mit dem Wein ablöschen und einkochen lassen. Danach den Fischfond einrühren. Davon etwas über den Fisch geben und abgedeckt für 5 Minuten im Backofen garen.
4. Den Fond zurück zu dem restlichen Fond geben und den Fisch mit den Trauben warmhalten. Den Fond einkochen lassen und die saure Sahne einrühren. Diese für 3 Minuten kochen lassen und die Soße mit Salz sowie Cayennepfeffer würzen. Die Zuckerschoten mit etwas Butter erwärmen. Die Tomaten hinzugeben und mit Salz sowie Pfeffer abschmecken. Den Fisch anrichten. Die Trauben mit der Soße darauf verteilen und das Gemüse dazu anrichten.

Knoblauch-Dorade mit gemischtem Gemüse

Zutaten für 1 Portion:
1 Dorade / Salz / 50 g Knoblauch-Butter / Pfeffer / 1 Zucchini / 100 g Wildkräuter / 2 Tomaten / 50 g Schalotten / 1 Aubergine / Olivenöl / Basilikum / Balsamico / 30 g Pinienkerne / 100 g rote Linsen

Zubereitung:

1. Die Dorade entschuppen und filetieren. Die Gräten entfernen und den Fisch 3- bis 4-mal einschneiden. Olivenöl in einer Pfanne erhitzen und die Dorade darin anbraten. Danach die Knoblauch-Butter hinzugeben.
2. Die Tomate, die Zucchini sowie die Aubergine waschen und in Scheiben schneiden. Danach die Gemüsescheiben nochmals halbieren. Backpapier einölen und die Gemüsescheiben abwechselnd darauf verteilen. Diese mit Salz sowie Pfeffer würzen. Das Basilikum waschen und hacken. Die Pinienkerne rösten. Diese mit dem Basilikum auf dem Gemüse verteilen und für 15 Minuten bei 180 °C garen.
3. Salzwasser aufkochen und die Linsen darin aufkochen. Diese für 5 Minuten ziehen lassen. Danach abschütten und abschrecken. Das Olivenöl mit dem Balsamico sowie der Schalotte und den Gewürzen mischen. Danach die Linsen unterheben. Den Linsensalat mit dem Gemüse sowie der Dorade anrichten und servieren.

Petersilien-Barsch

Zutaten für 1 Portion:
Schwarzer Pfeffer / 200 g Rotbarschfilet / Salz / 1 Bund Petersilie / ½ Zitrone / 1 Knoblauchzehe / 1 Orange

Zubereitung:

1. Die Petersilie waschen und hacken. Den Knoblauch schälen und zerdrücken. Die Zitrone waschen, schälen und den Saft ausdrücken. Die Orange ebenfalls entsaften.
2. Die Petersilie mit dem Knoblauch, der Zitronenschale, etwas Salz und dem Öl verrühren. Das Rotbarschfilet waschen, abtrocknen und mit etwas Zitronensaft beträufeln. Anschließend den Fisch mit Pfeffer würzen.
3. Das Rotbarschfilet in eine Auflaufform geben und mit der Petersilienmasse bestreichen. Danach den Orangensaft darüber geben und den Fisch für 20 Minuten bei 200 °C garen.

Lachs auf Spinat

Zutaten für 1 Portion:
1 EL Balsamico Essig / 125 g Sellerie / 60 g Spinat / 150 g weiße Bohnen / 1 EL Olivenöl / 2 EL Zitronensaft / 1 Lachssteak / 1 EL Schnittlauch / Pfeffer / Muskatnuss / Salz

Zubereitung:
1. Den Sellerie waschen und hacken. Den Schnittlauch waschen und hacken. Wasser aufkochen und den Sellerie darin für 15 Minuten garen. Die Bohnen abtropfen lassen und zu dem Sellerie geben. Anschließend beides zu einem Püree verarbeiten. Das Püree mit Pfeffer, Schnittlauch, Salz und Muskat würzen.
2. Den Backofen-Grill vorheizen. Den Lachs mit etwas Olivenöl bestreichen und anschließend mit Salz sowie Pfeffer würzen. Danach den Lachs von beiden Seiten für 4 Minuten grillen.
3. Den Spinat waschen und in einem Topf erhitzen. Das Püree anrichten und den Spinat darauf verteilen. Auf den Spinat den Lachs geben und mit Balsamico-Essig beträufeln. Vor dem Servieren nochmals mit Salz sowie Pfeffer würzen und mit dem restlichen Schnittlauch garnieren.

Lachs-Kartoffel-Gratin

Zutaten für 1 Portion:
Muskatnuss / 150 g festkochende Kartoffeln / Pfeffer / 200 g grüner Spargel / ½ Beutel Knorr „Fix für Lachs auf Blattspinat" / Salz / ½ Becher Schlagsahne / 1 Prise Zucker / 125 g Lachsfilet

Zubereitung:
1. Die Kartoffeln schälen. Das untere Drittel des Spargels schälen und die Enden entfernen. Danach den Spargel klein schneiden. Salzwasser aufkochen und die Kartoffeln darin für 10–25 Minuten garen.
2. Den Spargel mit etwas Zucker hinzugeben und für 5 Minuten mit garen. Danach beides abschütten. Den Spargel mit dem Lachs in eine Auflaufform geben. Die Kartoffeln klein schneiden und mit der Sahne verrühren. Die Kartoffeln pürieren.
3. Die Fixzubereitung mit 75 ml Wasser verrühren. Dieses nochmals mit Salz, Muskat und Pfeffer würzen. Die Soße über den Lachs mit dem Spargel geben und für 20–25 Minuten bei 200 °C garen.

Wels-Filet mit scharf-fruchtiger Soße

Zutaten für 1 Portion:

125 g Kirschen / 150 g Wels-Filet / 1 EL Rotweinessig / 1 EL Zitronensaft / 1 TL Zucker / Salz 1 TL Sonnenblumenöl / Pfeffer / 1 rote Pfefferschote / 1 Schalotte / 1 Lorbeerblatt / 1 Knoblauchzehe

Zubereitung:

1. Das Wels-Filet waschen, abtrocknen und mit dem Zitronensaft beträufeln. Das Filet für 5 Minuten ruhen lassen. Die Schalotte und den Knoblauch schälen. Die Pfefferschote entkernen. Die Schalotte, die Pfefferschote sowie den Knoblauch hacken.
2. Öl in einer Pfanne erhitzen und den Knoblauch mit der Schalotte dünsten. Danach das Lorbeerblatt und die Pfefferschote hinzugeben. Darüber den Zucker streuen und karamellisieren lassen. Mit dem Essig ablöschen und die Kirschen hinzugeben. Die Soße für 10 Minuten köcheln lassen. Diese mit Salz sowie Pfeffer abschmecken.
3. Das Wels-Filet waschen, abtrocknen und mit Salz sowie Pfeffer würzen. Den Grill erhitzen und das Wels-Filet von beiden Seiten für 4 bis 6 Minuten grillen. Den Fisch mit der Kirschsoße anrichten und servieren.

Lachs mit Joghurtsoße

Zutaten für 1 Portion:

100 g Joghurt / 100 g Lachsfilet / 2 TL Rapsöl / Salz / 1 / 2 TL scharfer Senf / schwarzer Pfeffer / 2TL Essig / 2 EL TK Kräutermischung / 1 Gewürzgurke

Zubereitung:

1. Den Lachs waschen und abtrocknen. Diesen von beiden Seiten mit Salz sowie Pfeffer würzen. Die Gurke würfeln und mit Essig, Kräutern, Senf sowie 1 TL Öl mischen. Danach den Joghurt unterheben und nochmals mit Salz sowie Pfeffer abschmecken.
2. Das restliche Öl in einer Pfanne erhitzen und das Lachsfilet darin anbraten. Den fertigen Lachs anrichten und mit der Soße übergießen.

Rosmarinkartoffeln mit gefülltem Lachs

Zutaten für 1 Portion:
100 g Joghurt / 100 g Lachsfilet / 2 TL Rapsöl / Salz / 1 / 2 TL scharfer Senf / schwarzer Pfeffer / 2TL Essig / 2 EL TK Kräutermischung / 1 Gewürzgurke

Zubereitung:

1. Die Zucchini waschen und in Scheiben schneiden. Die Tomate waschen und würfeln. 1 EL Öl in einer Pfanne erhitzen und die Zucchini mit der Tomate für 1 Minute anbraten. Danach würzen und aus der Pfanne nehmen. Den Backofen auf 200 °C vorheizen.
2. Den Käse würfeln. Den Lachs quer halbieren und beide Hälften würzen. Eine Auflaufform einfetten und die untere Lachshälfte hineingeben. Darüber das Gemüse geben und den Käse darauf verteilen. Die zweite Lachshälfte darüber legen und mit den Butterflocken bestreuen. Den Lachs für 25 Minuten garen.
3. Die Kartoffeln vierteln. Salzwasser aufkochen und die Kartoffeln darin für 15 Minuten kochen. Den Rosmarin zupfen. In einer Pfanne das restliche Öl erhitzen und die Kartoffeln mit dem Rosmarin darin schwenken.

Kräuterlachs mit Kartoffeln und Lauch

Zutaten für 1 Portion:
100 g Joghurt / 100 g Lachsfilet / 2 TL Rapsöl / Salz / 1 / 2 TL scharfer Senf / schwarzer Pfeffer / 2TL Essig / 2 EL TK Kräutermischung / 1 Gewürzgurke

Zubereitung:

1. Salzwasser aufkochen und die Kartoffeln für 20 Minuten darin kochen. Den Lauch waschen und klein schneiden. Den Lauch in die Gemüsebrühe geben und für 8 Minuten kochen lassen. Den Lachs waschen, abtrocknen und mit Zitronensaft beträufeln. Danach den Lachs mit Salz würzen.
2. In einer Pfanne das Öl erhitzen und den Lachs darin für 6 Minuten anbraten. Den Senf mit den Kräutern mischen und den Fisch damit bestreichen.
3. Den Frischkäse mit Porree-Fond verrühren und die Soße mit Salz sowie Pfeffer würzen. Das Gemüse mit den Kartoffeln sowie dem Lachs anrichten.

Fischstreifen in Sahne-Sherry-Soße

Zutaten für 1 Portion:
Zitronensaft / 50 g durchwachsener Räucherspeck / 1 Pck. Kartoffelpüree-Pulver / Mehl / 200 g Fischfilet / 50 g Zwiebel / 1 cl trockener Sherry / 250 ml Sahne / 20 g Butter

Zubereitung:

1. Den Räucherspeck würfeln. Die Zwiebel schälen und in Ringe schneiden. In einer Pfanne die Butter erhitzen und die Zwiebeln mit dem Speck anbraten.
2. Den Fisch waschen, abtrocknen und in Streifen schneiden. Diesen mit Zitronensaft beträufeln und mit etwas Mehl bestäuben. Den Fisch mit in die Pfanne geben und für 1 bis 2 Minuten braten.
3. Den Sherry mit der Sahne verrühren. Die Mischung mit Pfeffer sowie Salz abschmecken und kurz aufkochen lassen. Zum Schluss den Fisch mit dem Speck, den Zwiebeln sowie der Soße mischen und anrichten.

Vollkornnudeln mit Lachs und grünem Pesto

Zutaten für 1 Portion:
Limette / 50 g Vollkornspaghetti / Kräuter / Salz / 1 Knoblauchzehe / 120 g Lachsfilet 1 Basilikustiel/ 1 TL Butter / 1 Dillstiel / Pfeffer / 100 g Avocado / 100 g Fischfond / 1 bis 2 TL Limettensaft / 2 EL Sahne

Zubereitung:

1. Salzwasser aufkochen und die Spaghetti für 8 Minuten kochen. Danach die Nudeln abtropfen lassen. Den Lachs klein schneiden. Die Butter in einer Pfanne schmelzen und den Lachs anbraten. Diesen mit Salz und Pfeffer würzen. Zu dem Lachs die Sahne sowie den Fond geben und einkochen lassen. Die Soße mit Salz, Pfeffer sowie Limettensaft würzen.
2. Die Avocado entkernen und das Fruchtfleisch aus der Schale lösen. Dieses mit 1 TL Limettensaft beträufeln. Die Kräuter waschen und hacken. Den Knoblauch schälen und hacken. Die Kräuter mit dem Knoblauch und dem Avocado-Fruchtfleisch pürieren. Das Pesto mit Salz und Pfeffer würzen.
3. Die Nudeln mit der Soße, dem Lachs sowie dem Pesto anrichten. Darüber die frischen Kräuter streuen und mit der Limette garnieren.

Gefüllter Lachs mit Sahne-Spinat

Zutaten für 1 Portion:
1 Scheibe Räucherlachs / 200 g frischer Blattspinat / 1 ½ TL Butter / ½ EL Mehl / weißer Pfeffer / ½ Prise Zucker / ½ Prise Salz / ½ Prise Muskatnuss / 70 ml Sahne / 1 Ei

Zubereitung:

1. Den Spinat waschen und bei geringer Hitze sowie geschlossenem Deckel für 5 Minuten dünsten. Den Spinat abtropfen lassen. in einem separaten Topf die Butter schmelzen lassen. Den Spinat hinzugeben und mit Mehl bestäuben. Unter Rühren 40 ml Sahne einrühren und für 2 Minuten unter Rühren kochen lassen.
2. Den Spinat mit Salz sowie Pfeffer und Muskat würzen. Das Ei mit der restlichen Sahne sowie Salz und Pfeffer verquirlen. In einer Pfanne die Butter erhitzen und die Eiermasse hineingeben. Diese darin unter Rühren stocken lassen.
3. Das Rührei auf den Lachs verteilen und den Lachs einrollen. Diesen mit dem Spinat anrichten und servieren.

Rotbarsch mit buntem Gemüse

Zutaten für
Pfeffer / 100 g Rotbarschfilet / Salz / ¼ Salatgurke / Butter / ½ rote Paprikaschote / Schnittlauch / ¼ Zwiebel / 1 Zitrone / 5 g Vollkornmehl / ½ EL Crème fraîche / 40 ml Brühe

Zubereitung:

1. Die Salatgurke schälen und entkernen. Danach die Gurke in Streifen schneiden. Die Paprika entkernen, waschen und würfeln. Die Zwiebel schälen und würfeln.
2. Butter in einer Pfanne erhitzen und das Gemüse für 6 Minuten dünsten. Danach das Vollkornmehl darüber sträuben und anschwitzen. Das Gemüse mit der Brühe ablöschen. Danach die Crème fraîche einrühren und für 6 Minuten köcheln lassen.
3. Den Fisch waschen, würfeln und mit etwas Zitronensaft beträufeln. Danach mit Salz sowie Pfeffer würzen. Den Fisch zu dem Gemüse geben und bei geschlossenem Deckel für 6 Minuten garen. Zum Servieren mit Schnittlauch bestreuen.

Orangen-Scholle mit Eisbergsalat

Zutaten für 1 Portion:
1 Msp. Cayennepfeffer / ½ Eisbergsalat / 1 EL Crème fraîche / 1 Orange / 60 ml Orangensaft / 1 TL Sonnenblumenöl / 2 Schollenfilets / 1 TL Obstessig / 2 EL gehackte Minze / 50 g Buttermilch / Kräutersalz

Zubereitung:

1. Den Salat waschen und klein schneiden. Die Orange waschen, schälen und klein schneiden. Den Salat mit der Orange mischen. Das Öl mit dem Essig 50 ml Wasser sowie der Buttermilch verrühren. Das Dressing mit Salz würzen und über den Salat geben. Den Salat mit der Minze bestreuen.
2. Das Schollenfilet mit dem Kräutersalz würzen. In einer Pfanne das Öl erhitzen und die Scholle darin von beiden Seiten für 4 bis 5 Minuten anbraten. Danach mit dem Orangensaft ablöschen.
3. Die Crème fraîche unterrühren und die Soße mit Cayennepfeffer abschmecken. Den Fisch in der Soße anrichten und mit dem Salat garnieren.

Seelachsfilet auf Tomaten-Bett

Zutaten für 1 Portion:
Pfeffer / 170 g Seelachsfilet / Salz / 170 g Tomaten / 1 EL Olivenöl / 2 Knoblauchzehen / 1 TL Basilikum / 1 TL Petersilie

Zubereitung:

1. Den Backofen auf 200 °C vorheizen. Die Tomaten waschen und in Scheiben schneiden. Eine Auflaufform einfetten und die Tomatenscheiben hineinlegen. Diese mit Salz sowie Pfeffer würzen.
2. Das Basilikum und die Petersilie waschen. Beides klein schneiden und mit Öl, Pfeffer sowie Salz vermischen. Den Knoblauch schälen und halbieren. Das Kräuteröl mit dem Knoblauch über die Tomaten geben. Die Tomaten für 5 Minuten im Backofen garen.
3. Den Seelachsfilet waschen und abtrocknen. Diesen mit Salz und Pfeffer würzen. Anschließend den Seelachs auf die Tomaten geben und für 15 Minuten im Backofen garen.

Seeteufel mit Pfifferlingen

Zutaten für 1 Portion:
70 ml Instant-Brühe / 200 g Seeteufel / 1–2 TL körniger Senf / 1 EL Zitronensaft / 2 EL Öl / 50 g Pfifferlinge / Pfeffer / 2 Frühlingszwiebeln / Salz / 1 rote Zwiebel / ½ kleine Aubergine

Zubereitung:

1. Den Seeteufel waschen, abtrocknen und mit Zitronensaft beträufeln. Die Pfifferlinge mit Küchenpapier abreiben. Die Frühlingszwiebeln waschen und in Ringe schneiden. Die Zwiebel schälen und in Spalten schneiden. Die Aubergine waschen und würfeln.
2. Das Seeteufel-Filet mit Salz sowie Pfeffer würzen. In einer Pfanne 1 EL Öl erhitzen und den Fisch darin von beiden Seiten für 3 bis 4 Minuten braten. Anschließend aus der Pfanne nehmen und warmhalten.
3. In der Pfanne das restliche Öl erhitzen und die Zwiebeln, die Pfifferlinge sowie die Aubergine darin für 5 Minuten anbraten. Danach die Frühlingszwiebeln hinzugeben und den Senf einrühren. Mit der Brühe ablöschen und den Fisch für 3 Minuten darin ziehen lassen. Die Soße mit Salz und Pfeffer würzen.

Überbackenes Seelachsfilet mit Champignons

Zutaten für 1 Portion:
Pfeffer / 180 g Seelachsfilet / Salz / 5 g Margarine / 4 g Paniermehl / 50 g Champignons / 10 g geriebener Käse / 20 g Zwiebelwürfel / 10 g saure Sahne 1 EL Zitronensaft

Zubereitung:

1. Den Backofen auf 190 °C erhitzen. Eine Auflaufform einfetten. Die Champignons waschen und in Scheiben schneiden. In einer Pfanne etwas Margarine erhitzen und die Champignons mit den Zwiebeln darin für 10 Minuten dünsten.
2. Das Seelachsfilet mit Zitronensaft beträufeln. Dieses mit Salz und Pfeffer würzen. Den Fisch in die Auflaufform geben und die Pilze darüber verteilen. Anschließend die saure Sahne darüber gießen und mit Käse bestreuen. Über den Käse das Paniermehl streuen.
3. Den Seelachs für 30 Minuten im Backofen garen.

Marinierter Viktoriabarsch auf Zwiebeln

Zutaten für 1 Portion:
1 EL Sonnenblumenöl / 1 Viktoriabarsch-Filet / 1 TL Mehl / 1 EL Zitronensaft / ½ TL Stärke /
1 Spritzer Worcestershire-Soße / ½ TL getrockneter Thymian / Salz / 50 ml Fischfond / weißer Pfeffer / 100 ml Rotwein / 1 rote Zwiebel / 3 TL Butter

Zubereitung:

1. Den Barsch mit Zitronensaft, Salz, Pfeffer sowie Worcestershire-Soße mischen. Den Fisch darin ziehen lassen. Die Zwiebel schälen und in Achtel schneiden. 1 TL Butter in einer Pfanne erhitzen und die Zwiebeln darin dünsten. Mit der Hälfte des Weins ablöschen und einkochen lassen. Danach die Zwiebel herausnehmen.
2. Den Fischfond mit dem Zwiebel-Wein-Sud sowie dem Thymian verrühren. Die Mischung nochmals zur Hälfte einkochen lassen. Den restlichen Wein mit der Stärke verrühren und den Sud damit eindicken. Die Soße aufkochen lassen. Danach 2 TL kalte Butter einrühren und die Zwiebeln in die Soße geben. Diese nochmals mit Salz und Pfeffer abschmecken.
3. Den Viktoriabarsch waschen und abtrocknen. Danach mit Mehl bestäuben. In einer Pfanne Sonnenblumenöl erhitzen. Dazu etwas Butter geben und den Barsch für 5 Minuten auf beiden Seiten anbraten. Die Zwiebeln mit der Soße anrichten und den Barsch darauf drapieren. Vor dem Servieren mit dem Thymian garnieren.

Garnelen-Spieße in Tomatensoße

Zutaten für 5 Stück:
1 EL Zitronensaft / 5 Riesengarnelen / Zucker / ½ Dose geschälte Tomaten / ¼ – ½ TL Sambal Oelek / 2 Knoblauchzehen / Salz / 30 g getrocknete Tomaten in Öl / 3 EL Öl / ½ EL Thymian

Zubereitung:

1. Die Garnelen schälen und auf Spieße stecken. Die geschälten Tomaten abtropfen lassen und halbieren. Den Knoblauch schälen und hacken. Die getrockneten Tomaten in Streifen schneiden.
2. 2 EL Öl in einer Pfanne erhitzen und die Tomatenstreifen mit dem Thymian sowie dem Knoblauch anbraten. Danach die geschälten Tomaten unterrühren und mit etwas Zucker, Salz sowie Sambal Oelek abschmecken.
3. Die Soße für 5 Minuten bei geringer Hitze garen. Das restliche Öl erhitzen und die Garnelenspieße für 2 Minuten von beiden Seiten anbraten. Die Spieße ebenfalls mit Salz und Zitronensaft würzen.

Fischpfanne

Zutaten für 1 Portion:
½ Feta / 1 Rotbarschfilet / schwarzer Pfeffer / ½ kl. Dose geschälte Tomaten / 1 – 2 zerkleinerte Salbeiblätter / 1 kl. Zwiebel / Salz / 1 Knoblauchzehe / ½ TL Oregano 1 TL Öl

Zubereitung:

1. Die Tomaten zerkleinern. Die Zwiebel schälen und würfeln. Den Knoblauch schälen und durch eine Knoblauchpresse drücken.
2. Öl in einer Pfanne erhitzen und den Knoblauch mit der Zwiebel dünsten. Die Tomaten hinzugeben und unter Rühren für 5 Minuten schmoren.
3. Den Fisch hinzugeben und mit Salz, Pfeffer sowie den Kräutern würzen. Den Fisch mit geschlossenem Deckel für 15 Minuten ziehen lassen. Dabei den Fisch einmal wenden. Den Feta darüber bröseln und anrichten.

Fisch mit Meerrettich-Rohkost

Zutaten für 1 Portion:
1 EL Petersilie / 1 Fischfilet / 1 EL frisch geriebener Meerrettich / 50 g Möhren / Pfeffer / 50 g weiße Zwiebel / Salz / 50 g Stangensellerie / 1 EL Kapern / 1 EL Apfelessig / 1 EL Olivenöl

Zubereitung:

1. Den Backofen auf 200 °C erhitzen. Den Fisch waschen und abtrocknen. Mit Alufolie ein Päckchen bauen und den Fisch hineinlegen. Die Möhren schälen und in Scheiben schneiden. Die Zwiebel schälen und in Ringe schneiden. Den Sellerie waschen und in Stifte schneiden. Das Gemüse über den Fisch geben.
2. Öl mit Essig und Kapern mischen. Danach mit Salz sowie Pfeffer würzen. Die Marinade über den Fisch geben und für 10 bis 12 Minuten im Backofen backen.
3. Den fertigen Fisch mit dem Gemüse sowie dem Meerrettich anrichten und mit der Petersilie garnieren.

Rührei mit Sardellen und Gemüse

Zutaten für 1 Portion:
1 Scheibe Bauernbrot / 100 g Tomaten / ½ TL getrocknetes Basilikum / 1 bis 2 Sardellenfilets / ½ EL Kapern / 2 Eier / ½ EL Olivenöl / 25 ml Milch / ½ Zwiebel / Salz / ½ TL Kräuter der Provence / weißer Pfeffer

Zubereitung:

1. Die Tomaten waschen und achteln. Die Sardellen waschen und abtropfen lassen. Die Zwiebel schälen und in Ringe schneiden. Die Milch mit den Eiern verquirlen. Die Eiermasse mit den Kräutern, Salz und Pfeffer würzen.
2. In einer Pfanne Öl erhitzen und die Zwiebeln darin dünsten. Danach die Tomaten, die Kapern sowie die Sardellen hinzugeben. Das Ei darüber geben und unter Rühren stocken lassen.
3. Das Rührei mit den Sardellen anrichten und mit dem Basilikum garnieren. Dazu das Bauernbrot servieren.

Risotto mit Knoblauch-Scampi

Zutaten für 1 Portion

1 TL Schnittlauch / ½ Schalotte / 1 cl Cognac / ½ Lauchstange / 4 Scampi / 15 g Butter / Salz / 1 TL Öl / weißer Pfeffer / ½ Knoblauchzehe / ½ Zitronenthymianzweig / 125 ml Hummerfond / 75 g Rundkornreis

Zubereitung:

1. Den Schnittlauch waschen und hacken. Die Schalotte schälen und hacken. Den Lauch waschen und in Ringe schneiden. Den Knoblauch schälen. Den Hummerfond erhitzen. Die Butter in einer Pfanne schmelzen lassen. Den Lauch mit den Schalotten darin dünsten. Diese mit Salz, Pfeffer sowie Thymian würzen. Den Reis hineingeben und unter Rühren dünsten.
2. 1/3 des Hummerfonds zu dem Reis gießen und leicht köcheln lassen, bis die Flüssigkeit vollständig von dem Reis aufgesogen ist. Dabei immer wieder umrühren und Fond nachgießen, bis der Reis weich ist.
3. Öl erhitzen und den Knoblauch darin braten. Danach den Knoblauch herausnehmen und die Scampi darin anbraten. Die Scampi mit dem Cognac ablöschen und unter das Risotto heben. Das fertige Risotto mit den Scampi anrichten und mit Schnittlauch garnieren.

Makrelenfilets in Tomaten

Zutaten für 1 Portion:

3 EL Erbsen / 2 Fleischtomaten 2 geräuchertes Makrelenfilet / 1 Rettich / 1 EL Joghurt / 1 EL Doppelrahmfrischkäse

Zubereitung:

1. Die Tomaten waschen und je einen Deckel abschneiden. Die Tomaten aushöhlen und das Fruchtfleisch würfeln. Den Rettich schälen und hobeln.
2. Den Joghurt mit dem Frischkäse verrühren. Das Makrelenfilet häuten und würfeln. Die Tomatenwürfel mit dem Frischkäse, den Erbsen sowie dem Rettich verrühren. Die Masse in die Tomaten geben und mit dem Deckel verschließen.

Kartoffel-Garnelen-Curry

Zutaten für 1 Portion:
2 EL Schmand / 150 g geschälte Kartoffeln / 1 Minze-Stiel / 1 Zwiebel / Zitronensaft / 2 TL Öl /
50 g küchenfertige Garnelen / Salz / 1 Knoblauchzehe / Chilipulver / 50 g gefrorene Erbsen / Chilipulver / ½ TL Curry

Zubereitung:

1. Die Kartoffeln würfeln. Die Zwiebel schälen und in Spalten schneiden. In einer Pfanne 1 TL Öl erhitzen und die Zwiebeln mit den Kartoffeln darin für 10 Minuten anbraten. Die Kartoffeln mit Curry, Salz sowie Chilipulver würzen.
2. Mit 250 ml Wasser ablöschen und die Erbsen hinzugeben. Diese für 3 Minuten mit garen. In einer separaten Pfanne 1 TL Öl erhitzen. Den Knoblauch schälen und in die Pfanne pressen. Danach die Garnelen hinzugeben und anbraten. Diese mit Zitronensaft sowie Salz würzen.
3. Die Minze hacken und in die Kartoffeln rühren. Den Schmand einrühren und die Kartoffeln mit Salz sowie Pfeffer würzen. Die Garnelen mit dem Kartoffelcurry anrichten und mit der Minze garnieren.

Meeresfrucht-Pfanne mit Spaghetti

Zutaten für 1 Portion:
Pfeffer / 50 g Jakobsmuscheln / Salz / 50 g Miesmuscheln / 1 Dillsträußchen / 2 Riesencrevetten / 160 g gekochte Spaghetti / 60 g Champignons 2 EL Rahm / 60 g Tomatenwürfel / 20 g Butter / 10 g gehackte Zwiebel / 5 g gehackte Petersilie / 5 g zerdrückter Knoblauch

Zubereitung:

1. In einer Pfanne die Butter schmelzen und den Knoblauch sowie die Zwiebel darin dünsten. Die Riesencrevetten halbieren, entdarmen und mit in die Pfanne geben. Die Meeresfrüchte sowie die Champignons hinzugeben und dünsten. Mit dem Weißwein ablöschen und den Rahm einrühren. Danach einkochen lassen.
2. Die Spaghetti mit in die Pfanne geben und die Petersilie darüber streuen. Die Tomatenwürfel hinzugeben und mit kochen.
3. Die Meeresfrucht-Pfanne mit Salz sowie Pfeffer würzen und anrichten. Darüber den zerhackten Dill streuen und servieren.

Spaghetti mit Lachs-Spargel-Soße

Zutaten für 1 Portion:
1 Prise Cayennepfeffer / 100 g Spaghetti / 1 Prise Salz / 4 Stangen grüner Spargel / 1 EL Crème fraîche / 250 g Lachs / 1 EL Weißweinessig / 300 ml Gemüsebrühe

Zubereitung:
1. Den Spargel schälen und klein schneiden. Den Lachs ebenfalls klein schneiden. Salzwasser aufkochen und die Nudeln darin garen. Die Gemüsebrühe erhitzen und den Lachs sowie die Hälfte des Spargels darin für 4 Minuten ziehen lassen. Beides herausnehmen und warm stellen.
2. Den restlichen Spargel in dieselbe Brühe geben und für 5 Minuten kochen. Danach den Spargel pürieren und den Weißweinessig sowie die Crème fraîche einrühren. Die Soße mit Salz und Pfeffer würzen.
3. Den Lachs sowie den geschnittenen Spargel in die Soße geben. Die Nudeln anrichten und die Soße darauf verteilen.

Nudeln in Thunfischsoße

Zutaten für 1 Portion:
Pfeffer / 1 Tüte Spirelli / Salz / 1 Dose Thunfisch in Öl / 1 Dose Schmand

Zubereitung:
1. Wasser in einem Topf aufkochen und die Spirelli darin für 9 bis 12 Minuten kochen.
2. Den Thunfisch abtropfen lassen und mit dem Schmand in einem Topf erhitzen. Die Soße mit Salz sowie Pfeffer würzen.
3. Die fertigen Nudeln anrichten und mit der Thunfischsoße übergießen.

Nudeln mit Knoblauch-Thunfisch

Zutaten für 1 Portion:
Pfeffer / 1 TL Öl / 1 kleine Knoblauchzehe / 90 g grüne Tagliatelle / ½ TL Trockenkräutermischung / 50 g Thunfisch in Salzlake / 1 EL gehackte Petersilie / 20 g Butter

Zubereitung:

1. Öl und Wasser mischen und aufkochen lassen. Die Nudeln darin aufkochen und abtropfen lassen. Den Thunfisch zerteilen. Den Knoblauch schälen und zerdrücken.
2. Die fertigen Nudeln mit dem Thunfisch sowie dem Knoblauch vermischen. Diese mit den Kräutern abschmecken und mit Pfeffer würzen.

Thunfisch-Pfannkuchen

Zutaten für 1 Portion:
1 Fleischtomate / 1 Ei / 45 g Thunfisch im eigenen Saft / 125 ml milch / 60 g Mehl / Salz / Öl

Zubereitung:

1. Die Milch mit dem Ei sowie etwas Salz verrühren. Danach das Mehl portionsweise einrühren und einen Teig herstellen. Den Thunfisch abtropfen lassen und zerkleinern. Den Thunfisch unter den Teig heben.
2. In einer Pfanne das Öl erhitzen und die Pfannkuchen portionsweise darin von beiden Seiten ausbacken. Die Tomate waschen und in Scheiben schneiden.
3. Die Pfannkuchen auf einer Seite mit den Tomaten belegen und mit Salz würzen. Die Pfannkuchen zusammenklappen und anrichten.

Fleisch

Schweinefilet in Knoblauchsoße

Zutaten für 1 Portion:
Salz / 200 g Schweinefilet / 300 g Pasta nach Wahl / Pfeffer / ½ Knoblauchzehe / 100 ml Sahne / Soßenbinder

Zubereitung:

1. Die Pasta nach Anweisung kochen. Den Knoblauch schälen und hacken. Diesen mit der Sahne, Salz, Pfeffer sowie 100 ml Wasser aufkochen lassen. Die Soße bei geringer Hitze köcheln lassen.
2. Das Fleisch in Scheiben schneiden. Eine Pfanne erhitzen und das Fleisch darin anbraten. Danach das Fleisch salzen.
3. Die Soße mit Soßenbinder etwas andicken. Die Nudeln mit dem Fleisch sowie der Soße anrichten.

Schweinefilet mit grünem Spargel

Zutaten für 1 Portion:
1 TL Paprikapulver / 100 g Schweinefilet / Pfeffer / 200 g grüner Spargel / Salz / 100 g Möhren / 1 EL Petersilie / 65 g Langkorn-Wildreis-Mischung / 2 TL Olivenöl / 1 Frühlingszwiebel

Zubereitung:

1. Den Reis nach Anweisung kochen. Den Spargel waschen und klein schneiden. Salzwasser aufkochen und den Spargel darin für 10 Minuten kochen. Die Möhren schälen und würfeln. Die Frühlingszwiebel in Ringe schneiden.
2. In einer Pfanne 1 EL Olivenöl erhitzen und die Zwiebeln mit den Möhren darin dünsten. Dazu 1 EL des Spargelsuds geben. Den Spargel mit dem Reis abtropfen lassen. Eine Pfanne erhitzen und beides hineingeben. Die Mischung mit Petersilie, Salz und Pfeffer würzen.
3. Das Schweinefilet in Streifen schneiden und mit Paprikapulver, Salz und Pfeffer würzen. In einer Pfanne 1 EL Olivenöl erhitzen und das Fleisch darin anbraten. Alles anrichten und servieren.

Schnitzel mit Wein-Limettensoße

Zutaten für 1 Portion:
½ TL Zucker / 1 Kalbsschnitzel / ½ bis 1 EL Limettensaft / Salz / 50 ml Weißwein / Pfeffer / 2 Limettenscheiben / 1 EL Öl / etwas Mehl

Zubereitung:

1. In einer Pfanne Öl erhitzen. Das Schnitzel quer halbieren und von beiden Seiten mit Salz sowie Pfeffer würzen. Danach das Schnitzel in Mehl wenden und etwas abklopfen. Eine Pfanne erhitzen und das Schnitzel von beiden Seiten für 2 Minuten anbraten. Danach das Schnitzel aus der Pfanne nehmen und warmhalten.
2. Eine Pfanne erhitzen und die Limettenscheiben in dem Bratensatz von beiden Seiten braten. Diese auf das Schnitzel legen.
3. Den Bratensatz mit Wein sowie dem Limettensaft ablöschen. Die Soße mit Salz, Zucker und Pfeffer würzen. Die Soße einkochen lassen und zusammen mit dem Schnitzel anrichten.

Überbackene Frikadellen mit Kartoffeln

Zutaten für 1 Portion:
50 g französischer Ziegenkäse / 2 Kartoffeln / 1 EL Olivenöl / 1 Rosmarinzweig / Pfeffer / 1 Zwiebel / Salz / 150 g gemischtes Hackfleisch / 1 TL Senf / 50 g Mett / 1 TL Tomatenmark / 1 Ei / 1 EL Semmelbrösel

Zubereitung:

1. Die Kartoffeln waschen und in Wasser für 20 Minuten garen. Den Rosmarin waschen und die Zweige abzupfen.
2. Die Zwiebel schälen und würfeln. Das Hackfleisch mit dem Ei, dem Mett und den Semmelbröseln vermischen. Den Senf, das Tomatenmark, Salz und Pfeffer unterheben. Den Backofen auf 200 °C erhitzen.
3. Die Kartoffeln abschütten, pellen und abkühlen lassen. Danach die Kartoffeln in Scheiben schneiden. Ein Backblech einfetten und die Kartoffeln darauf fächerförmig auslegen. Diese mit Salz bestreuen.
4. Aus der Hackfleischmasse Frikadellen formen und diese in die Mitte der Kartoffeln setzen. Das restliche Öl darüber streichen und den Rosmarin auf die Kartoffeln geben. Die Frikadellen mit den Kartoffeln für 25 Minuten backen. Den Käse in Scheiben schneiden und auf die Frikadellen verteilen. Diese für weitere 5 Minuten überbacken.

Lauch mit Frikadellen

Zutaten für 1 Portion:
Paprikapulver / ½ Zwiebel / 1 Scheibe Toast / 1 TL Öl / Pfeffer / 150 g Beefsteakhack / Gewürz-Jod-Salz / 1 Stange Lauch / Salz / 1 Ei

Zubereitung:

1. Die Zwiebeln schälen und würfeln. Das Hackfleisch mit den Zwiebeln Ei und dem Tost vermischen. Die Masse mit Paprikapulver, Salz und Pfeffer würzen. Danach aus der Masse 2 Frikadellen formen. In einer Pfanne Öl erhitzen und die Frikadellen darin für 10 Minuten braten.
2. Den Lauch waschen und in Ringe schneiden. Etwas Wasser erhitzen und den Lauch darin dünsten. Danach den Lauch für 5 Minuten köcheln lassen. Den Lauch mit dem Gewürz-Jod-Salz sowie dem Pfeffer würzen.
3. Die Frikadellen mit dem Lauch anrichten.

Bärlauch-Kalbsschnitzel

Zutaten für 1 Portion:
1 Scheibe Zitrone / 1 Kalbsschnitzel / 2 EL Butterschmalz / 2 Bärlauch-Blätter / 2 EL Semmelbrösel / 1 TL Senf / 1 Ei / 1 Scheibe Hartkäse / 2 EL Mehl / Salz / Pfeffer

Zubereitung:

1. Das Schnitzel aufschneiden und auseinanderlegen. Eine Hälfte des Schnitzels mit dem Senf bestreichen. Darauf ein Blatt Bärlauch geben. Anschließend eine Scheibe Käse darüber geben und wieder ein Bärlauch-Blatt darauf geben. Das Ei aufschlagen und verquirlen.
2. Die Schnitzel zusammenfalten und die Ränder zusammendrücken. Das Schnitzel mit Salz sowie Pfeffer würzen. Das Schnitzel in Mehl wenden und durch das Ei ziehen. Danach mit den Semmelbröseln panieren.
3. Butterschmalz in einer Pfanne erhitzen und das gefüllte Bärlauch-Kalbsschnitzel von beiden Seiten anbraten. Das Schnitzel mit der Zitronenscheibe garnieren.

Mariniertes Lammkotelett

Zutaten für 3 Portionen:
Zitronenzesten / 3 kleine Lammkoteletts / Basilikum / 5 EL Olivenöl / 3 Tomaten / ¼ TL getrockneter Thymian / Pfeffer / ¼ TL getrockneter Rosmarin / Salz / 2 Knoblauchzehen

Zubereitung:

1. Den Knoblauch schälen und hacken. Das Olivenöl mit den getrockneten Kräutern und dem Knoblauch mischen. Das Lammkotelett waschen, abtrocknen und die die Kräutermischung geben. Das Fleisch über Nacht ziehen lassen. Dabei einmal wenden.
2. Am nächsten Tag das Lammkotelett abtropfen lassen. Den Grill erhitzen und das Lammkotelett von beiden Seiten für 3 Minuten anbraten. Die Tomaten halbieren und ebenfalls mit auf den Grill geben.
3. Das Basilikum waschen und hacken. Das Kotelett anrichten und mit den Zitronenzesten sowie dem Basilikum und den Tomaten garnieren.

Rindfleisch-Pfanne

Zutaten für 2 Portionen:
400 g Rinderrücken / 3 g Chilischoten / 3 EL Butterschmalz / 2 g Masala Gewürzpaste / 250 g Spitzkohl / 4 EL Sojasprossen / 250 g Wirsing / 50 g junge Möhren / 200 g Lauch

Zubereitung:

1. 1 EL Butterschmalz in einer Pfanne erhitzen und das Rindfleisch darin anbraten. Das Fleisch für 15 Minuten bei 200 °C im Backofen garen.
2. Das Gemüse waschen, schälen und in Streifen schneiden. Die Sprossen waschen und abtrocknen. Das gegarte Rindfleisch in Streifen schneiden.
3. In einer Pfanne das restliche Butterschmalz erhitzen und das Fleisch darin anbraten. Danach aus der Pfanne nehmen. Das Gemüse in dieselbe Pfanne geben und dünsten. Das Gemüse mit Chili sowie Marsala würzen. Danach das Fleisch hinzugeben und erwärmen.

Überbackenes Pilz-Schnitzel

Zutaten für 1 Portion:
Salz / 125 g Champignons / 1 Kalbsschnitzel / 1 Schalotte / ½ EL ungehärtetes Kokosfett / glatte Petersilie / 1 Prise Kräutersalz / 25 g Roquefort / ½ EL Olivenöl

Zubereitung:

1. Die Champignons waschen und in Scheiben schneiden. Die Schalotte schälen und würfeln. Die Petersilie waschen und hacken. Den Käse reiben.
2. In einer Pfanne das Olivenöl erhitzen und die Schalotten mit den Champignons darin für 5 bis 6 Minuten dünsten. Danach mit der Petersilie sowie dem Kräutersalz abschmecken. Das Kokosfett in einer separaten Pfanne schmelzen und das Schnitzel darin für 3 Minuten von beiden Seiten anbraten. Danach mit Salz würzen.
3. Die Champignons über das Schnitzel geben und den Käse darüber verteilen. Danach die Pfanne abdecken und für 3 bis 5 Minuten bei geringer Hitze garen.

Kräuter-Steak

Zutaten für 1 Portion:
½ EL Cognac / 1 Schweinesteak / ½ EL Paniermehl / Fett / verschiedene Kräuter / Salz /
½ EL Senf /
Pfeffer / 25 g geriebener Käse

Zubereitung:

1. Zuerst den Backofen auf 220 °C vorheizen. Das Schweinesteak waschen und abtrocknen. In einer Pfanne das Fett erhitzen und das Steak von beiden Seite anbraten. Danach mit Salz sowie Pfeffer würzen.
2. Den Senf mit dem Käse mischen. Die Kräuter waschen und hacken. Diese mit dem Paniermehl, der Käse-Senf-Mischung sowie dem Cognac verrühren.
3. Die Kräuter-Käse-Senf-Mischung auf das Steak geben und dieses im Backofen überbacken.

Hackfleischbällchen in Wein-Soße

Zutaten für 1 Portion:
25 ml Wasser / 75 g gemischtes Hackfleisch / ½ TL Zucker / ¼ Zwiebel / ½ TL süßer Reiswein / 1 Prise Salz / ½ TL Reiswein / ¼ Ei / 2 TL Sojasoße / 1 EL Semmelbrösel / Öl / Stärke

Zubereitung:

1. Die Zwiebeln schälen und hacken. In einer Pfanne das Öl erhitzen und die Zwiebeln darin dünsten. Die Zwiebeln abkühlen lassen. Das Hackfleisch mit der Zwiebel, dem Ei sowie den Semmelbröseln und etwas Salz mischen.
2. Aus der Hackfleischmasse Frikadellen formen. Öl in einer Pfanne erhitzen und die Frikadellen darin anbraten. Das Wasser mit der Sojasoße, den beiden Reisweinsorten sowie dem Zucker in einem Topf aufkochen lassen. Die Hackfleischbällchen hineingeben.
3. 1 TL Wasser mit ½ TL Stärke verrühren. Die Mischung zu den Hackfleischbällchen geben und unter Rühren aufkochen lassen.

Zwiebel-Wurstgeschnetzeltes

Zutaten für 1 Portion:
Pfeffer / 5 Rostbratwürste / Salz / ½ Zwiebel / 1 TL Petersilie / ½ Apfel / 1 TL Senf / 50 ml Apfelsaft / 50 ml Milch

Zubereitung:

1. Die Rostbratwürste in Scheiben schneiden. Die Zwiebeln schälen und in Ringe schneiden. Den Apfel schälen, entkernen und klein schneiden. In einer Pfanne die Rostbratwürste anbraten. Danach den Apfel sowie die Zwiebeln hinzugeben.
2. Die restlichen Zutaten vermischen und mit in die Pfanne geben. Die Soße mit den Würsten einmal aufkochen lassen und anschließend für 10 Minuten ziehen lassen.

Gefülltes Kalbsschnitzel mit Mango-Salat

Zutaten für 1 Portion:
1 EL gehackte Minze / 1 Mango / Meersalz / 2 dünne Kalbsschnitzel / 1 Orange / Cayennepfeffer / 2 Stauden Chicorée / 4 Scheiben Rinderschinken / 3 EL Soja-Cuisine / 6 Salbeiblätter / Kräutersalz / 2 Holzspieße / 1/8 l Gemüsebrühe / 1 Zwiebel / 50 ml Weißwein / 1 Möhre / 1 TL kalt gepresstes Sonnenblumenöl

Zubereitung:

1. Die Mango schälen, entkernen und das Fruchtfleisch in Spalten schneiden. Davon 2 Spalten zur Seite legen. Die restlichen Spalten würfeln. Die Schnitzel klopfen und mit Cayennepfeffer würzen. Den Schinken sowie die Salbeiblätter und je eine Mango-Spalte auf die Schnitzel geben. Danach die Schnitzel einrollen und mit einem Holzspieß fixieren.
2. Die Möhren und die Zwiebel schälen. Beides in Würfel schneiden. In einer Pfanne Öl erhitzen. Die Schnitzel darin anbraten. Danach die Möhren sowie die Zwiebel hinzugeben und für 3 Minuten braten. Mit der Brühe sowie dem Weißwein ablöschen. Die Pfanne abdecken und die Schnitzel für 25 Minuten bei geringer Hitze köcheln lassen. Danach mit 2 EL Soja-Cuisine sowie Kräutersalz würzen.
3. Den Chicorée waschen, den Strunk entfernen und den Chicorée in Streifen schneiden. Diesen mit der Mango mischen. Die Orange auspressen und den Orangensaft mit der übrigen Soja-Cuisine verrühren. Das Dressing mit Cayennepfeffer und Salz abschmecken. Das Dressing über den Salat geben und mit der Minze garnieren. Die gefüllten Kalbsschnitzel mit dem Salat anrichten.

Einfache Kalbsleber

Zutaten für 1 Portion:
Salz / 1 Scheibe Kalbsleber / Pfeffer / 1 Zwiebel / Butter / 1 EL Mehl

Zubereitung:

1. Zuerst die Leber waschen und mit Mehl bestäuben. In einer Pfanne die Butter erhitzen und die bemehlte Leber für 5 bis 8 Minuten anbraten.
2. Die Zwiebel schälen und in Ringe schneiden. Diese zu der Leber geben und mit braten. Die Kalbsleber mit den Zwiebeln anrichten und mit Salz sowie Pfeffer würzen.

Kalbsfleisch in Sahne-Soße

Zutaten für1 Portion:
Pfeffer / 100 g Kalbsschulter / Salz / 10 g Margarine / 1 Zwiebel / ¼ l Rinderbrühe / 2 Liebstöckelzweige / 1 EL saure Sahne

Zubereitung:

1. Das Kalbsfleisch zuerst mit Salz sowie Pfeffer würzen. Eine Pfanne erhitzen und das Fleisch darin anbraten. Den Liebstöckel waschen und hacken. Die Zwiebel schälen und würfeln.
2. Die Zwiebel zu dem Fleisch geben und mit der Brühe ablöschen. Danach bei geringer Hitze garen. Anschließend die saure Sahne einrühren.
3. Die Soße abschmecken und gegebenenfalls andicken.

Schweinefilet mit Süßkartoffeln

Zutaten für 1 Portion:
Petersilienblättchen / 200 g Süßkartoffeln / Zucker / Salz / Cayennepfeffer / 200 g Schweinefilet / 1 EL Weißweinessig / 4 Weißkohlblätter / 1 Lorbeerblatt / 200 g Gemüsezwiebel / 1 EL Rosinen / 2 TL Sonnenblumenöl / 300 g Gemüsebrühe / 1 EL Pinienkerne

Zubereitung:

1. Die Süßkartoffeln schälen und würfeln. Salzwasser aufkochen und die Kartoffeln darin für 12 bis 15 Minuten kochen. Das Schweinefilet in Scheiben schneiden. Die Weißkohlblätter waschen und klein schneiden. Die Zwiebel schälen und in Spalten schneiden.
2. In einer Pfanne 1 TL Öl erhitzen und das Fleisch darin für 2 bis 3 Minuten von beiden Seiten anbraten. Danach das Fleisch aus der Pfanne nehmen. In derselben Pfanne das restliche Öl erhitzen. Die Zwiebeln, die Pinienkerne sowie den Weißkohl darin für 3 bis 4 Minuten unter Rühren anbraten. Danach mit der Brühe ablöschen und die Rosinen, den Essig sowie das Lorbeerblatt und das Fleisch hinzugeben. Dieses für weitere 8 bis 10 Minuten garen.
3. Die fertigen Kartoffeln abschütten, pürieren und mit Cayennepfeffer sowie Salz abschmecken. Das Fleisch nochmals mit Zucker, Salz und Cayennepfeffer würzen. Das Kartoffelpüree mit dem Fleisch und der Soße anrichten. Mit der Petersilie garnieren.

Lammkoteletts mit Tomaten-Kartoffel-Püree

Zutaten für 1 Portion:
1 Thymianstiel / 2 Lammkoteletts / 1 EL Essig / 2 TL Olivenöl / 2 Kirschtomaten / Salz / ½ Schalotte / Pfeffer / 30 g getrocknete Tomaten / 100 g grüne, gefrorene Bohnen / ½ Pck. Kartoffelpüree / 4 EL Milch

Zubereitung:

1. 1 TL Öl erhitzen und die Koteletts für 8 Minuten von allen Seiten anbraten. Danach würzen und aus der Pfanne nehmen. Das Bratenfett abschütten und den Bratensatz mit 1 EL Wasser verrühren. Salzwasser aufkochen und die Bohnen darin für 7 Minuten kochen.
2. 90 ml Salzwasser aufkochen und den Topf vom Herd nehmen. Danach die Milch sowie das Kartoffelpüree einrühren. Die getrockneten Tomaten klein schneiden und unter das Püree heben.
3. Die Schalotte schälen und würfeln. Die Kirschtomaten klein schneiden. Den Essig zu dem Bratensatz rühren. Danach die Kirschtomaten sowie die Schalotten hinzugeben. Die Soße mit Thymian, Salz und Pfeffer abschmecken. Das restliche Öl unterheben und alles zusammen anrichten.

Schweinemedaillons mit Tomatengemüse

Zutaten für 1 Portion:
1 Majoran-Stiel / 2 EL bunte Pfefferkörner / 1 Thymianstiel / 2 EL Öl / 125 g Kirschtomaten / 3 Schweinemedaillons / 25 g Rauke / 220 g Kartoffeln / 10 g Pinienkerne / Salz / 50 g Butter / 50 ml Milch / Muskat / Pfeffer

Zubereitung:

1. Den Pfeffer zerstoßen. Danach mit 1 EL Öl mischen und das Fleisch damit marinieren. Die Kartoffeln schälen. Salzwasser aufkochen und die Kartoffeln darin für 30 Minuten kochen. Die Kartoffeln abgießen. Die Milch aufkochen und würzen.
2. In einer Pfanne die Butter schmelzen und die Pinienkerne darin rösten. Die Kartoffeln stampfen. Danach die Butter, die Milch sowie die Pinienkerne unterheben. Die Tomaten waschen. Die Kräuter hacken. 1 EL Öl erhitzen und die Tomaten darin für 3 Minuten anbraten. Danach die Kräuter einrühren. Die Medaillons mit Salz würzen und für 5 Minuten anbraten. Die Rauke ebenfalls unter das Kartoffelpüree heben.
3. Das Fleisch mit den Tomaten sowie dem Kartoffelpüree anrichten und servieren.

Schweinegeschnetzeltes mit Sahne-Gemüse

Zutaten für 1 Portion:
½ kl. Dose Mais / 1 Schweinesteak / 1 EL Sahne / ½ bis 1 EL Butter / ½ Zucchini / Paprikapulver / ½ Zwiebel / Pfeffer / Salz

Zubereitung:

1. Zuerst das Steak in Streifen schneiden. Die Zwiebel schälen und würfeln. Die Zucchini in der Länge halbieren, entkernen und das Fruchtfleisch würfeln. Den Mais abtropfen lassen. In einer Pfanne die Butter erhitzen. Das Fleisch darin für 5 Minuten anbraten. Danach mit Paprikapulver, Salz und Pfeffer würzen.
2. Das Fleisch aus der Pfanne nehmen und in derselben Pfanne die Zucchini und die Zwiebel dünsten. Danach den Mais hinzugeben und das Gemüse mit Salz sowie Pfeffer würzen.
3. Das Geschnetzelte zurück in die Pfanne geben und verrühren. Mit der Sahne ablöschen und für 3 Minuten köcheln lassen.

Steak mit Spinat und Kartoffeln

Zutaten für 1 Portion:
2–3 Petersilienstiele / 2–3 Kartoffeln / 1 EL leichter Schmelzkäse / Salz / 5 EL fettarme Milch / Pfeffer / 1 TL Öl 1–2 Minutensteaks vom Schwein / Pfeffer / 1 Zwiebel / Muskat / 250 g Blattspinat

Zubereitung:

1. Die Kartoffeln schälen. Salzwasser aufkochen und die Kartoffeln darin für 20 Minuten kochen. Den Spinat waschen und abtropfen lassen. Die Zwiebel schälen und in Spalten schneiden. ½ TL Öl in einer Pfanne erhitzen und die Zwiebeln darin dünsten. Danach den Spinat hinzugeben und dünsten. Den Spinat mit Muskat, Salz und Pfeffer würzen.
2. Das Fleisch waschen und abtrocknen. In einer separaten Pfanne ½ TL Öl erhitzen und das Steak für je 1 bis 2 Minuten von beiden Seiten anbraten. Danach herausnehmen und würzen. 5 EL Wasser zu dem Bratensatz geben und mit der Milch ablöschen.
3. Die Milch aufkochen lassen und den Schmelzkäse einrühren. Die Soße mit Salz und Pfeffer würzen. Die fertigen Kartoffeln abgießen und zusammen mit dem Fleisch sowie der Soße und dem Spinat anrichten. Die Petersilie waschen und hacken. Diese über darüber streuen.

Überbackene Schweinesteaks

Zutaten für1 Portion:
1 Scheibe Gouda / 200 g Schweinesteaks / 50 g Schafskäse / 3 bis 4 Tomaten

Zubereitung:

1. Das Schweinesteak waschen und abtrocknen. Danach mit Salz sowie Pfeffer würzen. In einer Pfanne etwas Fett erhitzen und die Steaks darin anbraten. Diese danach in eine Auflaufform geben und abwechselnd mit Schafskäse sowie Tomatenscheiben belegen. Zum Schluss den Gouda darauf verteilen.
2. Das belegte Steak im Backofen bei 200 °C 15 Minuten überbacken lassen.

Schinkenröllchen in Sahne-Weißwein-Soße

Zutaten für 3 Portionen:
Salz / 12 Scheiben gekochter Schinken / 3 EL Sahne / 3 EL Ketchup / 3 EL Weißwein

Zubereitung:

1. Den Backofen auf 150 °C vorheizen. Je eine Scheibe Schinken zusammenrollen. Diese in die Auflaufform geben. Die Sahne mit dem Ketchup, dem Weißwein sowie etwas Salz verquirlen. Die Soße zu den Schinkenröllchen geben.
2. Die Schinkenröllchen für 10 Minuten backen lassen.

Pfeffersteak mit Kartoffelauflauf

Zutaten für 1 Portion:
Rosmarin / 200 g Kartoffeln / Zitronenscheiben / ½ TL Zitronensaft / 50 g Sahne / 1 EL bunte eingelegte Pfefferkörner / 50 g Sahne / 100 ml Rinderfond / 50 ml Milch / 1 TL Öl / Salz / 1 Rinderfiletsteak / Pfeffer / Muskatnuss / 300 g Brokkoli

Zubereitung:

1. Die Kartoffeln schälen und in Scheiben hobeln. Die Kartoffelscheiben schuppenartig in eine Auflaufform geben. Den Rosmarin hacken. Die Milch mit der Sahne, dem Rosmarin, Salz und Pfeffer verrühren. Die Masse über die Kartoffeln gießen.
2. Den Auflauf für 40 Minuten bei 200 °C backen. Den Brokkoli waschen und in Röschen teilen. Salzwasser aufkochen und Muskat hinzugeben. Den Brokkoli in dem Salzwasser für 8 Minuten garen.
3. Das Steak waschen und abtrocknen. In einer Pfanne Öl erhitzen und das Steak darin von beiden Seiten anbraten. Danach mit Salz würzen. Den Bratensatz mit dem Fond ablöschen und mit Zitronensaft sowie den Pfefferkörnern würzen. Das Steak mit Zitronenscheiben sowie Rosmarin anrichten. Dazu den Kartoffelauflauf und den Brokkoli servieren.

Einfaches Rinderhacksteak

Zutaten für 1 Portion::
5 g Margarine / 200 g Tatar / Curry / 10 g Paniermehl / Paprikapulver / 1 Eiweiß / Pfeffer / 2 Petersilienzweige / Salz / 1 Liebstöckelzweig / ½ Zwiebel

Zubereitung:

1. Die Zwiebel schälen und hacken. Die Kräuter waschen und hacken. Das Tatar mit den Kräutern, den Zwiebeln sowie dem Paniermehl, dem Eiweiß und den Gewürzen mischen.
2. Aus der Hackfleischmasse ein Steak formen. In einer Pfanne die Margarine schmelzen lassen und das Hackfleischsteak darin von beiden Seiten anbraten.

Steak mit Petersilienkartoffeln und Tomatensalat

Zutaten für 1 Portion:
150 g mageres Rindfleisch / etwas Schnittlauch / Olivenöl / etwas Petersilie / Salz / 100 g Kartoffeln / Pfeffer / Essig / Paprikagewürz / 100 g Tomaten

Zubereitung:

1. Die Kartoffeln schälen. Salzwasser aufkochen und die Kartoffeln darin kochen. Die fertigen Kartoffeln abschütten. Die Petersilie waschen und hacken. Diese über die Kartoffeln streuen. Die Tomaten waschen und in Scheiben schneiden. Den Schnittlauch waschen und hacken.
2. 1 TL Öl mit Salz, ½ TL Essig, Pfeffer sowie Schnittlauch vermischen. Die Tomaten hinzugeben und unterheben.
3. ½ EL Öl in einer Pfanne erhitzen und das Rindfleisch darin von beiden Seiten anbraten. Danach mit Paprikapulver, Salz sowie Pfeffer würzen. Das Fleisch mit den Petersilienkartoffeln sowie den Tomaten anrichten.

Scharfes Schweinegeschnetzeltes

Zutaten für 1 Portion:
Petersilienzweige / 100 g Schweinefilet / ½ Tasse Bratensaft / 1 TL schwarze Pfefferkörner / 2 EL Tomatenketchup / 1 Msp. Paprikapulver / 1 EL Sojasoße / 1 Msp. Curry / 1 Msp. Majoran / 1 Chilischote / 1 TL Öl / Pfeffer / 1 Zwiebel / Salz / 1 grüne Paprikaschote

Zubereitung:

1. Das Schweinefilet in Streifen schneiden. Danach mit dem Curry, den Pfefferkörnern sowie dem Paprikapulver mischen. Die Chilischote entkernen und hacken. Die Zwiebel schälen und in Scheiben schneiden. Die Paprika entkernen, waschen und in Streifen schneiden.
2. In einer Pfanne Öl erhitzen und das Geschnetzelte darin anbraten. Danach die Paprika, die Zwiebel sowie die Chilischote hinzugeben. Diese mit anbraten und mit Majoran, Pfeffer sowie Salz abschmecken.
3. Den Bratensaft mit der Sojasoße und dem Ketchup verrühren. Die Mischung zu dem Fleisch geben und aufkochen lassen. Das Geschnetzelte nochmals mit Salz sowie Pfeffer würzen und mit der Petersilie bestreuen.

Schneller Burger

Zutaten für 1 Portion:
½ TL Tomatenketchup / 1 Tomate / 1 Scheibe gekochter Schinken / einige Salatblätter / ½ TL Butter / 1 Vollkornbrötchen

Zubereitung:

1. Die Tomate waschen und in Scheiben schneiden. Den Salat waschen und trocknen. Das Brötchen aufschneiden und beide Hälften mit Butter bestreichen.
2. Auf eine Brötchenhälfte Salatblätter geben. Darauf Ketchup streichen und die Tomatenscheiben sowie den Schinken darüber verteilen. Anschließend wieder Ketchup darauf geben und mit den restlichen Tomaten belegen.
3. Zum Schluss die beiden Brötchenhälften aufeinanderlegen und den Burger servieren.

Schnitzel mit Kartoffelsalat

Zutaten für 1 Portion:
Cayennepfeffer / 2 Kartoffeln / 1 EL Pfirsichkonfitüre / ½ Bund Radieschen / ½ rote Paprikaschote / 3 Petersilienzweige / 1 Schweineschnitzel / ½ Bund Schnittlauch / Pfeffer / 1 Zwiebel / Salz / 50 ml Instant-Gemüsebrühe / 2 TL mittelscharfer Senf / 2 EL Essig / 1 ½ EL Öl

Zubereitung:

1. Die Kartoffeln waschen. Wasser aufkochen und die Kartoffeln darin für 25 Minuten garen. Die Radieschen sowie die Kräuter waschen. Die Petersilienblätter sowie den Schnittlauch waschen und hacken.
2. Die Zwiebel schälen und würfeln. Diese mit den Kräutern, der Brühe, Pfeffer, Essig, Salz, 1 EL Öl sowie dem Senf verrühren. Die Kartoffeln abschütten, pellen und anschließend in Scheiben schneiden. Die Kartoffeln abkühlen lassen und mit der Kräuter-Marinade verrühren. Die Radieschen in Scheiben schneiden und unter den Salat mischen.
3. Das Fleisch waschen und abtrocknen. In einer Pfanne ½ EL Öl erhitzen und das Fleisch darin von beiden Seiten für 4 Minuten anbraten. Das Fleisch aus der Pfanne nehmen und mit Salz sowie Pfeffer würzen. Die Paprika entkernen, waschen und würfeln. Salzwasser aufkochen lassen und die Paprika darin für 2 Minuten blanchieren. Danach die Paprika abtropfen lassen und mit der Konfitüre mischen. Die Paprika mit Cayennepfeffer und Salz verrühren. Das Schnitzel mit dem Kartoffelsalat sowie der Gemüsesoße anrichten.

Medaillons mit buntem Gemüse

Zutaten für1 Portion:
¼ TL mittelscharfer Senf / 125 g Salatgurke / 65 g Sahne / 50 g rote Paprikaschote / weißer Pfeffer / 50 g Champignons / Salz / 1 Zwiebel / 1 EL Butterschmalz / 125 g Schweinefilet

Zubereitung:

1. Die Paprika entkernen, waschen und in Würfel schneiden. Die Gurke schälen, in der Länge halbieren, entkernen und in Scheiben schneiden. Die Champignons waschen und vierteln. Die Zwiebel schälen und würfeln. Den Backofen auf 50 °C erhitzen.
2. Das Schweinefleisch häuten und in Scheiben schneiden. Das Butterschmalz in einer Pfanne erhitzen und die Medaillons von beiden Seiten anbraten. Danach das Fleisch aus der Pfanne nehmen und mit Salz sowie Pfeffer würzen. Das Fleisch in Alufolie wickeln und im Backofen warmhalten.
3. In dem Bratenfett die Zwiebel erhitzen. Das restliche Gemüse hinzugeben und unter gelegentlichem Rühren abgedeckt für 10 Minuten dünsten. Danach die Sahne einrühren und aufkochen lassen. Das Gemüse mit Salz, Senf sowie Pfeffer abschmecken. Die Medaillons in die Soße geben und nochmals aufkochen lassen.

Eingepackte Schweinelenden

Zutaten für 1 Portion:
1 EL Tomatenmark / ½ Schweinelendchen / Pfeffer / Paprikapulver edelsüß / 1 EL Schmand / 4 bis 6 Scheiben Schinkenspeck / Salz / ½ Becher süße Sahne

Zubereitung:

1. Die Schweinelende in Stücke schneiden und mit Salz sowie Pfeffer würzen. Die Lendenstücke in den Speck einwickeln und in eine Auflaufform geben.
2. Die süße Sahne mit dem Schmand sowie dem Tomatenmark verrühren. Die Mischung mit dem Paprikapulver abschmecken und aufkochen lassen.
3. Die Soße über das Fleisch geben und für 30 Minuten bei 200 °C im Backofen garen.

Steak in Rotweinsoße mit Kroketten

Zutaten für 1 Portion:
Pfeffer / 1 Schweinesteak / Salz / 40 ml Rotwein / ½ EL Tomatenmark / 40 ml Sahne / ½ EL Öl / ¼ Beutel Kroketten

Zubereitung:

1. Den Backofen zuerst auf 220 °C erhitzen. In einer Pfanne Öl erhitzen und das Steak darin von beiden Seiten anbraten. Die Kroketten nach Anweisung im Backofen backen. Das Steak mit Salz sowie Pfeffer würzen.
2. Das Steak mit dem Rotwein ablöschen und für 5 Minuten köcheln lassen. Danach das Steak aus der Pfanne nehmen und warmhalten. Das Tomatenmark mit der Sahne in die Rotweinsoße rühren und für 3 Minuten einkochen.
3. Die Soße nochmals mit Salz sowie Pfeffer würzen. Das Steak mit den Kroketten sowie der Rotweinsoße anrichten.

Sahne-Gulasch mit Champignons

Zutaten für 1 Portion:
65 g Sahne / 100 g Schweinefilet / 75 g Champignons / ½ EL Öl / 1 Tomate / Salz / 125 ml Fleischbrühe / Pfeffer / Paprikapulver / ¼ rote Paprika / ¼ Zwiebel

Zubereitung:

1. Zuerst die Zwiebel schälen und würfeln. Die Paprika entkernen, waschen und ebenfalls würfeln. Das Schweinefilet würfeln. Die Champignons waschen und würfeln. Wasser aufkochen und die Tomaten damit übergießen. Danach die Tomaten häuten und das Fruchtfleisch würfeln.
2. In einem Topf Öl erhitzen. Das Fleisch darin anbraten. Danach die Paprika sowie die Zwiebel hinzugeben und anbraten. Mit Paprikapulver, Salz sowie Pfeffer würzen. Anschließend mit der Fleischbrühe ablöschen.
3. Den Topf verschließen und das Gulasch für 15 Minuten schmoren. Anschließend die Pilze sowie die Tomaten hinzugeben und die Sahne einrühren. Das Gulasch für 5 Minuten kochen lassen.

Überbackenes Rindersteak

Zutaten für 1 Portion:
Petersilie / 1 Rindersteak / 1 bis 2 EL geriebener Käse / Salz / 1 EL Sonnenblumenöl / schwarzer Pfeffer / 1 EL Butter / 1 Zwiebel / 2 EL Senf

Zubereitung:

1. Zuerst den Backofen auf 220 °C erhitzen. Das Steak flach klopfen und mit Salz sowie Pfeffer würzen. Die Zwiebel schälen und würfeln. Diese mit dem Senf verrühren. Das Fleisch auf einer Seite mit der Senfmischung bestreichen.
2. Öl und Butter in einer Pfanne erhitzen und das Fleisch darin von allen Seiten anbraten. Danach das Steak aus der Pfanne nehmen und die Senfseite mit dem Käse bestreuen.
3. Das Steak für 5 Minuten im Backofen überbacken lassen.

Beefsteak mit gerösteten Zwiebeln

Zutaten für 1 Portion:
1 EL Ketchup / 160 g gefrorene Kartoffelschnitze / 1 EL Mayonnaise / 1 Zwiebel / 1 EL Öl / 60 g Blattsalat / 1 Beefsteak / 1 Tomate / Pfeffer / 3 Dillstiele / Salz / 3 Petersilienstiele / 1 EL Zitronensaft / 40 g Joghurt

Zubereitung:

1. Die Kartoffelschnitze für 20 Minuten bei 225 °C im Backofen backen. Die Zwiebel schälen. Die Hälfte der Zwiebel in Ringe schneiden. Die restlichen Zwiebel würfeln. Den Salat klein schneiden. Die Tomaten waschen und würfeln. Die Kräuter waschen und hacken. Den Joghurt mit den Zwiebelwürfeln, dem Zitronensaft sowie der Tomate und den Kräutern mischen.
2. Öl in einer Pfanne erhitzen und das Steak darin von beiden Seiten anbraten. Das Steak würzen und aus der Pfanne nehmen. Das Steak für 5 Minuten ruhen lassen. Die Zwiebelringe in dem Bratenfett anbraten.
3. Den Salat mit dem Dressing verrühren. Das Steak mit den Zwiebelringen, den Kartoffelschnitzen und dem Salat anrichten.

Schweinemedaillons mit Käsekruste

Zutaten für1 Portion:
Pfeffer / 150 – 200 g Schweinemedaillons / Salz / 1 – 2 Tomaten / geriebener Käse / 1 Zwiebel / 1 Knoblauchzehe

Zubereitung:

1. Die Zwiebel schälen und hacken. Den Knoblauch schälen und zerdrücken. Wasser aufkochen und die Tomaten damit übergießen. Danach die Tomaten häuten und das Fruchtfleisch würfeln. Den Backofen auf 170 °C erhitzen.
2. Die Schweinemedaillons mit Salz sowie Pfeffer würzen. In einer Pfanne Öl erhitzen und das Fleisch darin anbraten. Danach aus der Pfanne nehmen und warmhalten. Den Knoblauch sowie die Zwiebeln in das Bratenfett geben und dünsten.
3. Die Tomaten zu den Zwiebeln geben und kochen lassen. Danach abschmecken und die Tomaten über das Fleisch geben. Darüber den Käse streuen. Die Schweinemedaillons für 5 bis 10 Minuten überbacken.

Reis-Schnitzel-Pfanne

Zutaten für
1 EL Tomaten-Chili-Soße / Salz / 150 g gefrorenes Balkangemüse / Paprikapulver edelsüß / 1 TL Öl / 30 g Langkornreis 200 g Schweineschnitzel

Zubereitung:

1. 100 ml Salzwasser aufkochen und den Reis bei geschlossenem Deckel sowie geringer Hitze für 20 Minuten aufquellen lassen.
2. Das Schnitzel waschen, abtrocknen und in Streifen schneiden. Öl in einer Pfanne erhitzen und das Fleisch anbraten. Danach das Schnitzel würzen. Das Gemüse mit 2 EL Wasser hinzugeben und für 5 bis 7 Minuten dünsten.
3. Den fertigen Reis mit dem Gemüse sowie dem Fleisch mischen und mit der Tomaten-Chili-Soße abschmecken.

Überbackener Chicorée mit Schinken

Zutaten für 1 Portion:
Wasser / 1 Stange Chicorée / Löwensenf / 200 g gekochter Schinken / 20 g Butter / 30 g geriebener Parmesan / 1 – 2 Rosmarinstängel / 200 g Kartoffeln / Pfeffer / Meersalz

Zubereitung:

1. Die Kartoffeln waschen. Wasser aufkochen und die Kartoffeln darin bei geöffnetem Deckel und geringer Hitze für 10 Minuten garen. Danach die Kartoffeln abschütten und abkühlen. Den Chicorée waschen und den Kern entfernen. Danach den Chicorée halbieren. Öl in einer Pfanne erhitzen und den Chicorée darin anbraten. Danach mit Salz sowie Pfeffer würzen und mit Wasser ablöschen. Den Chicorée für 10 Minuten schmoren lassen.
2. Den Schinken überlappend in eine Reihe legen. Die Chicorée-Hälften mit dem Senf bestreichen und in den Schinken wickeln. Diesen in eine Auflaufform legen und die Kartoffeln darum verteilen.
3. Darüber Salz streuen und den Rosmarin darüberlegen. Aus der Pfanne die Flüssigkeit mit in die Auflaufform gießen und diesen für 10 Minuten bei 200 °C garen. Danach den Parmesan darüber streuen und die Schinkenröllchen für weitere 10 Minuten überbacken.

Erbsen-Reis mit Hackfleischsoße

Zutaten für 1 Portion:
20 g Zwiebeln / 150 g Chicorée / Zitronensaft / 45 g Langkornreis / 25 g gefrorene Erbsen / 1 TL Öl / Thymian / Paprikapulver edelsüß / 100 g gemischtes Hackfleisch / Pfeffer / 125 g stückige Tomaten / Pfeffer / Salz

Zubereitung:

1. Salzwasser aufkochen und den Reis darin für 15 Minuten garen. Danach die Erbsen hinzugeben und für weitere 5 Minute garen. Den Chicorée waschen und in der Länge halbieren.
2. Etwas Salzwasser mit Zitronensaft aufkochen und den Chicorée für 5 bis 6 Minuten darin dünsten. Die Zwiebel schälen und würfeln. Öl in einer Pfanne erhitzen und die Zwiebeln mit dem Hackfleisch darin anbraten. Danach würzen.
3. Die Tomaten zu dem Hackfleisch geben und aufkochen lassen. Die Hackfleischsoße für 5 Minuten bei geringer Hitze köcheln lassen. Zum Schluss die Soße abschmecken und mit den Chicorée-Hälften sowie dem Erbsen-Reis servieren.

Scharfes Hackfleisch mit Reis

Zutaten für 1 Portion:
45 g Reis / 150 g Hackfleisch / Pfeffer / 1 TL Rapsöl / Salz / 50 g Zwiebeln / Chilipulver / 150 g Paprika / 100 ml Gemüsebrühe / 200 g Tomaten aus der Dose / 100 g Kidneybohnen

Zubereitung:
1. Die Zwiebel schälen und hacken. Öl in einer Pfanne erhitzen und das Hackfleisch mit der Zwiebel darin anbraten. Die Paprika entkernen, waschen und klein schneiden. Diese mit den Bohnen zu dem Hackfleisch geben.
2. Das Hackfleisch würzen und mit der Gemüsebrühe ablöschen. Danach die Tomaten hinzugeben und 10 Minuten köcheln lassen. Den Reis nach Anweisung kochen und mit dem Hackfleisch anrichten.

Paprika mit Hackfleischfüllung

Zutaten für 1 Portion:
500 ml Gemüsebrühe / 1 Paprikaschote / 5 g Fett / 80 g Hackfleisch / 1 EL Schnittlauch / 1 EL Paniermehl / Selleriesalz / 1 Eiweiß / Pfeffer / 1 Zwiebel / Salz / 1 Tomate

Zubereitung:
1. Einen Deckel von der Paprika abschneiden. Die Paprika entkernen. ½ Zwiebel schälen und würfeln. Diese mit dem Hackfleisch sowie dem Eiweiß, dem Schnittlauch, den Gewürzen und dem Paniermehl verkneten.
2. Die Hackfleischmasse in die Paprika geben und den Deckel wieder darauf setzen. Die andere Hälfte der Zwiebel schälen und ebenfalls würfeln. Wasser aufkochen und die Tomate damit übergießen. Diese häuten und das Fruchtfleisch würfeln. Die gefüllte Paprikaschote zu den Tomaten und der restlichen Zwiebel in eine Auflaufform geben. Den Backofen vorheizen.
3. Die Brühe hinzugeben und die gefüllte Paprika für 30 – 45 Minuten bei 200 °C garen. Zum Schluss die Soße andicken und zusammen servieren.

Gefüllte Zucchini mit Hähnchen-Gemüse

Zutaten für 1 Portion:
1 Zucchini / ½ EL gemischte Kräuter / ½ rote Paprikaschote / 5 g Butter / 1 grüne Paprikaschote / 1 EL fettarme Milch / 1 gelbe Paprikaschote / 50 g fettarmer Kräuter Schmelzkäse / 1 Zwiebel / 100 g Hähnchenbrustfilet / 2 TL Olivenöl

Zubereitung:

1. Die Zucchini waschen, in der Länge halbieren und aushöhlen. Wasser aufkochen und die Zucchini darin für 3 bis 4 Minuten garen. Danach abtropfen lassen. Die Paprika waschen, entkernen und würfeln.
2. Den Knoblauch sowie die Zwiebel schälen und hacken. In einer Pfanne Öl erhitzen und den Knoblauch mit der Zwiebel darin dünsten. Danach die Paprika hinzugeben und mitdünsten. Das Hähnchenfleisch würfeln und zu der Paprika geben. Dieses mit braten.
3. Eine Auflaufform einfetten und die Zucchinihälften hineingeben. Die Zucchini mit der Hähnchen-Gemüse-Masse füllen. Die Milch erhitzen und den Schmelzkäse darin schmelzen lassen. Diesen über die gefüllten Zucchini geben. Darüber die Kräuter verteilen und die Zucchini für 10 bis 12 Minuten bei 200 °C backen.

Zucchino mit Bratwurstfüllung

Zutaten für 1 Portion:
40 g geriebener Emmentaler / 1 Zucchino / 1 EL Paniermehl / Salz / 1 TL Majoran / Pfeffer / 1 Msp. Knoblauchgranulat / Zitronensaft / Schnittlauch / Worcestersoße / 1 Zwiebel / 1 Tasse Bratensoße / 100 g grobe Bratwurst / 1 Dose geschälte Tomaten / 1 TL Basilikum Salz / 1 Msp. Oregano

Zubereitung:

1. Die Zucchino waschen, in der Länge halbieren und entkernen. Die Schnittfläche mit etwas Zitronensaft, Salz und Pfeffer sowie Worcestersoße würzen. Den Backofen auf 180 °C erhitzen.
2. Die Zwiebel schälen und hacken. Den Schnittlauch waschen und hacken. Das Bratwurstbrät mit dem Schnittlauch sowie der Zwiebel mischen. Die Masse mit Pfeffer, Knoblauchgranulat, Salz und Majoran würzen. Danach das Paniermehl unterrühren.
3. Die Masse in die Zucchini füllen und in eine Auflaufform geben. Darüber den Emmentaler streuen und für 10 – 15 Minuten im Backofen überbacken. Die geschälten Tomaten mit der Bratensoße mischen und erhitzen. Die Soße mit Pfeffer, Oregano, Salz und Basilikum würzen. Die gefüllten Zucchino anrichten und mit der Soße servieren.

Kartoffel-Hackfleisch-Auflauf

Zutaten für 1 Portion:
20 g Käse / 80 g mageres Hackfleisch / 40 ml Milch / 1 TL Öl / 1 Ei / 30 g Zwiebel / 150 g Gemüse / 50 g Kartoffeln

Zubereitung:

1. Die Zwiebel schälen und würfeln. Öl in einer Pfanne erhitzen und die Zwiebel darin dünsten. Das Hackfleisch hinzugeben und bei geringer Hitze ohne Rühren anbraten. Danach mit Paprikapulver, Salz sowie Pfeffer würzen.
2. Die Kartoffeln schälen und das Gemüse waschen. Beides klein schneiden und mit etwas Wasser sowie 1 TL Gemüsebrühe dünsten. Das kochende Gemüse für 5 Minuten garen.
3. Milch mit dem Ei verquirlen und mit Muskat würzen. Das Hackfleisch unter das Gemüse mischen. Die Eiermasse darüber gießen und bei 15 – 20 Minuten bei 180 °C überbacken.

Schinken-Nudeln mit gemischtem Gemüse

Zutaten für 1 Portion:
Pfeffer / 60 g Vollkornnudeln / 2 TL Pesto / Salz / 2 Scheiben gekochter Schinken / 1 Bund Suppengrün / 1 Tasse Gemüse-Hefebrühe / 1 bis 2 Knoblauchzehen

Zubereitung:
1. Salzwasser aufkochen und die Nudeln darin nach Anweisung kochen. Das Suppengrün waschen und klein schneiden. Den Knoblauch schälen und klein schneiden. Eine Pfanne erhitzen und das Gemüse darin anbraten. Danach mit Salz würzen und unter Rühren rösten.
2. Das Gemüse mit der Brühe sowie 1 Tasse Wasser ablöschen. Das Gemüse bei geschlossenem Deckel für 5 Minuten kochen lassen.
3. Den Schinken in Streifen schneiden und mit dem Pesto unter das Gemüse heben. Dieses nochmals mit Pfeffer abschmecken. Die fertigen Nudeln anrichten und das Gemüse darüber geben.

Gefüllte Kohl-Röllchen

Zutaten für 1 Portion:
2 EL Öl / 300 g Weißkohl / 500 ml Gemüsebrühe /400 g Hackfleisch / 1 Msp. Kümmel / Salz / 1 Eiweiß / Pfeffer / 1 Zwiebel / 1 EL Paniermehl

Zubereitung:
1. Von dem Weißkohl die großen Blätter entfernen. Die Gemüsebrühe aufkochen und die Weißkohlblätter darin für 10 Minuten blanchieren. Die Zwiebel schälen und hacken. Diese mit dem Hackfleisch, dem Eiweiß, Salz, Kümmel und Pfeffer mischen.
2. Das Hackfleisch auf die Weißkohlblätter geben und aufrollen. Darum zwei weitere Kohlblätter wickeln und diese fixieren.
3. In einer Pfanne Öl erhitzen und die Kohl-Röllchen von beiden Seiten anbraten. Danach mit der Brühe ablöschen und für 50 Minuten darin garen.

Puten-Sahne-Geschnetzeltes

Zutaten für 1 Portion:
2 Becher Sahne / 1 Pck. gefrorenes Gemüse / 1 Becher Schmand / 1 Pck. gefrorenes, mariniertes Putenbrustfilet / 1 Pck. Blumenkohl-Brokkoli-Suppe

Zubereitung:

1. Das Fleisch sowie das Gemüse antauen lassen. Das Putenbrustfilet klein schneiden und in eine Auflaufform verteilen. Darüber das Gemüse geben.
2. Die Sahne mit dem Schmand sowie dem Suppenpulver verrühren. Die Mischung über das Fleisch verteilen und für 50 Minuten bei 200 °C schmoren lassen.

Kalbsgeschnetzeltes mit Paprikagemüse

Zutaten für 1 Portion:
2 EL gehackte Petersilie / 1 Zwiebel / 1 Banane / 1 EL Butterschmalz / 1 grüne Paprika / 1 Kalbsschnitzel / 1 rote Paprika / Salz / Paprikapulver edelsüß / weißer Pfeffer

Zubereitung:

1. Die Zwiebel schälen und in Ringe schneiden. In einer Pfanne das Butterschmalz erhitzen und die Zwiebeln darin dünsten. Das Schnitzel in Streifen schneiden und mit dem Zwiebeln anbraten. Danach mit Salz, Pfeffer sowie Paprikapulver würzen.
2. Die Paprika entkernen, waschen und in Streifen schneiden. Diese zu dem Geschnetzelten geben und bei geschlossenem Deckel für 5 Minuten köcheln lassen.
3. Die Banane schälen und in Scheiben schneiden. Die Bananenscheiben unter das Geschnetzelte rühren und erhitzen. Das Geschnetzelte mit dem Gemüse anrichten und mit der Petersilie garnieren.

Gebratene Pilze mit Speck und Reis

Zutaten für 1 Portion:
Pfeffer / 30 g Speckwürfel / 1 dl Rotwein / 100 ml Bratensoße / Salz / 200 g gemischte Pilze / 1 Portion Trockenreis / 4 Perlzwiebeln

Zubereitung:

1. Die Pilze waschen und vierteln. In einer Pfanne ohne Fett den Speck anbraten. Danach den Speck aus der Pfanne nehmen. Die Pilze in dem Fett anbraten und mit dem Rotwein sowie der Bratensoße ablöschen.
2. Die Perlzwiebeln wachen und halbieren. Diese zu den Pilzen geben und für 10 Minuten garen. Den Reis nach Anweisung kochen und unter die Pilze mischen. Alles nochmals erwärmen.
3. Die gebratenen Pilze mit dem Reis anrichten und mit dem Speck garnieren.

Eiernudeln mit Hähnchenstreifen

Zutaten für 1 Portion:
1 hart gekochtes Ei / 200 g Hähnchenbrustfilet / 1 EL Austernsoße / 2 Frühlingszwiebeln / Cayennepfeffer / 50 g chinesische Eiernudeln / Salz / ½ TL Kurkuma / ½ TL gehackter Ingwer / ½ TL Paprika / ½ TL gehacktes Zitronengras / 1 EL Limettensaft / ½ Peperoni / 1 EL Korianderblätter /
300 ml Brühe

Zubereitung:

1. Wasser aufkochen und die Eiernudeln damit übergießen. Diese für 5 Minuten ziehen lassen. Die Brühe in einem Topf aufkochen lassen. Das Hähnchenfleisch in Streifen schneiden. Die Frühlingszwiebeln und die Peperoni waschen und hacken.
2. Das Hähnchenfleisch mit dem Zitronengras, der Peperoni, dem Ingwer, der Frühlingszwiebel sowie dem Kurkuma in die Brühe geben. Das Fleisch für 6 bis 8 Minuten köcheln. Die fertigen Nudeln abschütten. Das Ei pellen und halbieren.
3. Die Nudeln mit dem Ei anrichten. Die Brühe mit dem Limettensaft, dem Salz, der Austernsoße, dem Cayennepfeffer sowie Paprikapulver würzen. Die Brühe mit dem Fleisch über die Nudeln geben und mit dem Koriander garnieren.

Putenleber mit Kartoffelpüree

Zutaten für 1 Portion:
100 ml Wasser / 30 g Kartoffelpüree-Pulver / 120 g Tomaten / getrockneter Majoran / Salz / 60 ml Milch / 125 g Putenleber / geriebene Muskatnuss / 100 g Lauch / 5 g Öl / Pfeffer

Zubereitung:
1. Die Leber waschen und abtrocknen. In einer Pfanne Öl erhitzen und die Leber darin für 5 Minuten unter Wenden anbraten. Die Leber mit Salz sowie Pfeffer würzen. Danach die Leber aus der Pfanne nehmen.
2. Das Gemüse waschen. Den Lauch in Ringe schneiden. Die Tomaten vierteln. Beides in dem Bratenfett mit Majoran, Salz und Pfeffer dünsten. Wasser aufkochen, die Milch einrühren und das Kartoffelpüree einrühren. Den Kartoffelbrei ruhen lassen und nochmals verrühren.
3. Das Kartoffelpüree mit Muskat abschmecken und mit dem Gemüse sowie der Leber anrichten.

Gebratene Entenbrust mit Gemüse

Zutaten für 1 Portion:
50 g Asia-Nudeln / 250 g Entenbrust / 1 EL Sesam / 1 TL Sonnenblumenöl / 50 ml süßsaure Asia-Soße / 125 g Möhren / 1 EL Limettensaft / 100 g Lauch / Pfeffer / 100 g Sojasprossen / Salz / 3 cm Ingwerknolle / 1 EL Sesamöl

Zubereitung:
1. Öl in einer Pfanne erhitzen und die Entenbrust darin für 20 Minuten braten. Die Möhren schälen und in Stifte schneiden. Den Lauch waschen und ebenfalls stiften. Die Sprossen waschen. Den Ingwer schälen und hacken.
2. In einer Pfanne das Sesamöl erhitzen. Den Lauch, den Ingwer und die Möhren für 10 Minuten dünsten. Das Gemüse mit Limettensaft, Salz und Pfeffer würzen. Mit der Asia-Soße ablöschen und die Sprossen unterrühren.
3. Die Entenbrust aus der Pfanne nehmen und den Sesam in dem Bratensatz rösten. Diese mit 200 ml Wasser ablöschen. Die Nudeln für 5 Minuten kochen. Die Entenbrust aufschneiden und mit dem Bratensatz zu dem Gemüse geben. Dies vermischen und anrichten.

Scharfes Entengeschnetzeltes

Zutaten für 1 Portion:
Koriandergrün / 150 g Entenbrustfilet / ½ TL Speisestärke / 7 – 8 g frische Ingwerwurzel / Sambal Oelek / ½ kleine rote Chilischote / 65 ml Asia-Fond / ½ Knoblauchzehe / 75 g rote Paprikaschote / 1 ½ EL Sojasoße / 50 g Frühlingszwiebeln / 1 ½ EL Sojasoße / 1 ½ EL Sherry

Zubereitung:

1. Das Filet häuten und die Entenhaut für 15 Minuten einfrieren. Das Fleisch in Scheiben schneiden. Den Ingwer schälen und reiben. Die Chilischote entkernen und hacken. Den Knoblauch schälen und durch eine Knoblauchpresse drücken. 1 EL Sojasoße mit 1 EL Sherry sowie etwas Sambal Oelek, dem Ingwer und dem Knoblauch mischen. Das Fleisch in die Marinade geben und für 10 Minuten ruhen lassen.
2. Die Frühlingszwiebel waschen und in Ringe schneiden. Die Paprika entkernen, waschen und in Streifen schneiden. Die Entenhaut aus dem Gefrierfach nehmen und in Streifen schneiden. Eine Pfanne erhitzen und die Entenhaut darin anbraten. Danach abschütten und das Fett auffangen. Das Fleisch abtrocknen und mit 1 EL des Fetts anbraten. Das Fleisch wieder aus der Pfanne nehmen. ½ EL Fett in dieselbe Pfanne geben und die Frühlingszwiebeln mit der Paprika dünsten. Die Speisestärke mit dem Fond in die Marinade rühren und das Gemüse damit ablöschen. Das Gemüse kochen und das Fleisch hinzugeben.
3. Den Koriander waschen und hacken. Diesen unter das Fleisch rühren und mit dem Sherry, der Sojasoße sowie etwas Sambal Oelek abschmecken.

Bohnen-Hähnchen-Pfanne

Zutaten für 1 Portion:
1 EL Rapsöl / 200 g Hähnchenbrustfilet / 1 EL Fischsoße / 1 EL thailändische rote Currypaste / 100 g Brechbohnen

Zubereitung:

1. Das Hähnchenfleisch waschen und würfeln. Wasser aufkochen und die Bohnen darin für 10 Minuten kochen.
2. In einer Pfanne Öl erhitzen und 4 EL der Currypaste darin anbraten. Danach das Hähnchenfleisch hinzugeben und anbraten. Danach die Bohnen hinzugeben und für 2 Minuten köcheln lassen.
3. Die Bohnen-Hähnchen-Pfanne mit der Fischsoße würzen.

Knoblauch-Hähnchen mit Pellkartoffeln

Zutaten für 1 Portion:
250 g Kartoffeln / 1 Hähnchenbrustfilet / gehackte Petersilie / Salz / 1 Tomate / Pfeffer / 100 ml Brühe/ Cayennepfeffer / 1 Spritzer Rotwein / 1 Knoblauchzehe / 1 Zwiebel / 2 TL Olivenöl / getrockneter Rosmarin / getrockneter Thymian

Zubereitung:

1. Das Filet waschen und abtrocknen. Den Knoblauch schälen und hacken. Diesen mit 1 TL Öl, Rosmarin, Salz, Thymian, Pfeffer und dem Cayennepfeffer mischen. Das Hähnchenfleisch hinzugeben und darin ziehen lassen.
2. Das marinierte Hähnchen für 20 Minuten bei 180 °C backen. Wasser aufkochen und die Kartoffeln zu Pellkartoffeln zubereiten. Die Zwiebel schälen und würfeln. In einer Pfanne 1 TL Öl erhitzen und die Zwiebel darin anbraten. Die Tomate waschen und würfeln.
3. Den Rotwein zu der Zwiebel geben und die Brühe einrühren. Diese aufkochen lassen und die Tomaten hinzugeben. Die Tomaten mit Salz sowie Pfeffer würzen und mit etwas Petersilie bestreuen. Das Hähnchenfleisch mit den Tomaten sowie den Kartoffeln anrichten.

Hähnchengeschnetzeltes in Cognac-Soße

Zutaten für 1 Portion:
½ TL gekörnte Brühe / 1 Hähnchenbrustfilet / 1 Schuss Cognac / ½ Zwiebel / 1 TL Curry-pulver / 1 Knoblauchzehe / 2 EL Tandoori Masala Gewürzpulver / 2 EL Crème fraîche / ½ TL Tomatenmark / 1 EL Butter

Zubereitung:

1. Das Hähnchenfleisch klein schneiden. Die Zwiebel schälen und in Streifen schneiden. In einem Topf die Butter schmelzen und das Fleisch darin anbraten. Danach aus dem Topf nehmen und die Zwiebeln in dem Fett anbraten.
2. Die Zwiebeln mit dem Cognac ablöschen. Danach den Knoblauch und das Hähnchenfleisch hinzugeben. Anschließend mit 150 ml Wasser auffüllen und die Brühe, die Gewürze sowie die Crème fraîche und das Tomatenmark einrühren.
3. Das Hähnchengeschnetzelte für 10 – 15 Minuten köcheln lassen.

Hähnchenbrust an Gemüse mit Reis

Zutaten für 1 Portion:
Gehackte Petersilie / 75 g Vollkornreis / 3 TL Öl / 1 Msp. Curry / Paprikapulver edelsüß / 1 Möhre / Pfeffer / 1 Frühlingszwiebel / Salz / 50 g Champignons / 1 Hähnchenbrustfilet

Zubereitung:

1. Salzwasser aufkochen und den Reis nach Anweisung mit Curry zubereiten. Die Möhre schälen und würfeln. Die Champignons waschen und ebenfalls würfeln. Die Frühlingszwiebel waschen und in Ringe schneiden.
2. In einer Pfanne 1 TL Öl erhitzen und das Gemüse darin anbraten. Danach mit Wasser ablöschen und für 10 Minuten dünsten. Das Hähnchenfleisch waschen, abtrocknen und mit Paprikapulver, Salz sowie Pfeffer würzen.
3. In einer separaten Pfanne 2 TL Öl erhitzen und das Hähnchenfleisch darin anbraten. Das Gemüse mit dem Reis mischen. Dieses mit Salz, Curry sowie Pfeffer und der Petersilie abschmecken. Das Hähnchenfleisch anrichten und mit dem Reis anrichten.

Cordon-Bleu mit Gemüse

Zutaten für 1 Portion:
1 Scheibe Gouda / Pfeffer / 2 Salbeiblätter / Salz / 1 Thymianstiel / 1 TL Öl / 100 g Champignons /1 Schalotte / 2 EL gefrorene Erbsen / 1 Hähnchenfilet / 2 EL Sahne / 1 Tomate / 100 ml Instant-Gemüsebrühe /

Zubereitung:

1. Das Hähnchenfilet waschen und abtrocknen. In das Fleisch eine Tasche schneiden. Die Tomate waschen. Eine Tomate in Scheiben schneiden und die restlichen entkernen. Von diesen das Fruchtfleisch würfeln. Den Käse klein schneiden.
2. Das Hähnchenfilet mit den Tomatenscheiben, dem Käse sowie dem Salbei füllen. Das Fleisch fixieren. Die Champignons waschen und halbieren. Die Schalotten schälen und würfeln. In einer Pfanne das Öl erhitzen und das Fleisch für 3 Minuten von allen Seiten anbraten. Das Fleisch mit Salz sowie Pfeffer würzen.
3. Die Champignons sowie die Schalotte hinzugeben und für 5 Minuten mit braten. Danach mit der Brühe ablöschen und die Tomatenwürfel, die Sahne, die Erbsen sowie den Thymian unterrühren. Die Soße aufkochen und 1 Minute köcheln lassen. Vor dem Servieren nochmals mit Salz und Pfeffer abschmecken.

Hähnchen-Gemüse-Spieße

Zutaten für 1 Portion:
65 g Langkorn-Wildreis-Mischung / 4 Kirschtomaten / Rosmarin / ¼ gelbe Paprikaschote / 1 EL Olivenöl / ¼ l Gemüsebrühe / 2 EL Zitronensaft / Pfeffer / 75 g Hähnchenbrustfilet / 1 Zwiebel / 2 Champignons / Salz

Zubereitung:

1. Den Reis nach Anweisung garen. Den Zitronensaft mit Pfeffer, Olivenöl sowie Salz mischen. Das Hähnchenfleisch würfeln. Die Champignons waschen und ebenfalls in Würfel schneiden. Beides in die Zitronensaft-Mischung geben und marinieren lassen.
2. Die Zwiebel schälen und vierteln. Die Paprika entkernen, waschen und in Rauten schneiden. Das Gemüse, die Tomaten im Ganzen, mit dem Fleisch abwechselnd auf Spieße stecken.
3. Die Brühe in eine Auflaufform geben und die Hähnchen-Gemüse-Spieße hinzugeben. Diese für 15 Minuten bei 200 °C garen. Den fertigen Reis abtropfen lassen und mit den fertigen Spießen anrichten.

Hähnchengulasch mit Paprika

Zutaten für 1 Portion:

1 bis 2 Knoblauchzehen / ¼ Becher Crème fraîche / 100 ml Brühe / 1 Lorbeerblatt / 1 EL Tomatenmark / Öl / 1 Hähnchenbrustfilet / Rosenpaprika / 1 Paprikaschote / Pfeffer / 1 bis 2 Zwiebeln / Salz

Zubereitung:

1. Die Paprika entkernen, waschen und klein schneiden. Die Zwiebel sowie den Knoblauch schälen und hacken. Das Hähnchenfleisch ebenfalls klein schneiden.
2. In einem Topf das Öl erhitzen und das Hähnchenfleisch darin anbraten. Danach die Zwiebeln und den Knoblauch hinzugeben. Diese darin dünsten und die Paprika unterheben. Die Paprika ebenfalls unter gelegentlichem Rühren dünsten.
3. Mit der Brühe ablöschen und das Tomatenmark einrühren. Danach das Lorbeerblatt hinzugeben und das Fleisch weich kochen lassen. Das Gulasch mit den Gewürzen abschmecken. Danach die Crème fraîche einrühren. Vor dem Servieren das Lorbeerblatt entfernen.

Hähnchenbrustfilet mit Käsekruste

Zutaten für 1 Portion:

Fett / 1 Hähnchenbrustfilet / Mehl / 1 Ei / Pfeffer / Paniermehl / Salz / 50 g geriebener Käse

Zubereitung:

1. Das Hähnchenfleisch waschen und abtrocknen. Danach mit Salz sowie Pfeffer würzen. Den Käse mit dem Paniermehl vermischen. Das Ei verquirlen.
2. Das Hähnchenfleisch zuerst in dem Mehl, danach in dem Ei und zum Schluss in der Paniermehl-Mischung wenden.
3. In einer Pfanne das Fett erhitzen und das Hähnchenfleisch für 5 Minuten von beiden Seiten anbraten.

Geflügelmedaillons mit gebackenen Kartoffeln

Zutaten für 1 Portion:
2 EL gehackter Thymian / 150 g Kartoffeln / 1 Apfel / Salz / 1 TL Öl / Pfeffer / 120 g Putenfilet / Rosmarienzweige

Zubereitung:

1. Den Backofen auf 180 °C erhitzen. Die Kartoffeln halbieren und auf dem Backblech verteilen. Diese mit Salz und Pfeffer bestreuen. Den Rosmarin darüber verteilen und die Kartoffeln für 35 Minuten backen.
2. Das Putenfilet in Medaillons schneiden. Öl in einer Pfanne erhitzen und die Medaillons von beiden Seiten anbraten. Den Apfel schälen, entkernen und in Spalten schneiden. Diese zu den Putenmedaillons geben und für 5 Minuten braten.
3. Die Medaillons mit Salz, Thymian sowie Pfeffer würzen und mit dem Apfel sowie den gebackenen Kartoffeln anrichten.

Gefüllte Putenröllchen

Zutaten für 1 Portion:
1 TL körniger Senf / 1 Tomate / 1 Putenschnitzel / Petersilienzweige / 1 Scheibe Emmentaler / 50 g Bandnudeln / 1 Scheibe gekochter Schinken / 100 ml Instant Hühnerbrühe / Salz / 1 EL Öl / Pfeffer

Zubereitung:

1. Das Putenschnitzel waschen, abtrocknen und flach klopfen. Die Rinde des Käses entfernen. Den Schinken in der Länge halbieren. Das Schnitzel mit Salz sowie Pfeffer würzen und mit dem Senf bestreichen. Danach den Käse sowie den Schinken darauf legen und das Schnitzel aufrollen. Das Putenröllchen fixieren.
2. In einer Pfanne Öl erhitzen und das gefüllte Putenröllchen darin für 5 Minuten unter Wenden anbraten. Danach mit der Hühnerbrühe ablöschen und bei geschlossenem Deckel für 35 Minuten schmoren lassen.
3. Die Nudeln nach Anweisung kochen. Die Petersilie waschen und hacken. Die Tomate waschen, entkernen und würfeln. Die Petersilie zu dem Putenröllchen geben und würzen. Die fertigen Nudeln abschütten und mit dem Putenröllchen sowie der Soße anrichten. Darüber die Tomatenwürfel sowie die Petersilie streuen.

Putengeschnetzeltes in Preiselbeer-Soße

Zutaten für 1 Portion:
Dill / 45 g Wildreismischung / 1 – 2 TL Essig / Salz / 65 ml Instant Gemüsebrühe / Pfeffer / 25 g Wild-Preiselbeeren / 180 g Brokkoli / 1 TL Öl / Muskatnuss / 50 g Schalotten / 65 g Putenfilet

Zubereitung:

1. Salzwasser aufkochen und den Reis darin für 20 Minuten kochen. Den Brokkoli waschen und in Röschen teilen. Salzwasser aufkochen und den Brokkoli darin mit etwas Muskat für 5 bis 7 Minuten garen. Das Putenfleisch waschen, abtrocknen und in Scheiben schneiden.
2. Die Schalotte schälen und in Spalten schneiden. In einer Pfanne Öl erhitzen und die Schalotte mit dem Fleisch darin anbraten. Danach mit Salz und Pfeffer würzen. Die Preiselbeeren hinzugeben und mit der Gemüsebrühe ablöschen. Das Fleisch in der Soße aufkochen lassen und mit Essig, Salz sowie Pfeffer würzen.
3. Den fertigen Reis mit dem Putenfleisch und dem Brokkoli anrichten. Darüber etwas Dill streuen und servieren.

Hühnerfrikassee mit Reis

Zutaten für 1 Portion:
Muskat / 1 Zwiebel / Pfeffer / 1 Möhre / 5 EL fettarme Milch / 1 TL Hühnerbrühe / 1 TL Mehl / 1 Lorbeerblatt / TL Butter / Salz / 2 Lauchzwiebeln / Pfefferkörner / 40 g Langkornreis / 100 g Hähnchenfilet

Zubereitung:

1. Die Zwiebel schälen und würfeln. Die Möhre schälen und in Scheiben schneiden. ¼ l Wasser aufkochen. Die Zwiebel, die Brühe, die Möhre sowie das Lorbeerblatt, die Pfefferkörner und das Salz hinzugeben. Das Wasser aufkochen lassen. Das Fleisch waschen und in die Brühe geben. Diese bei geschlossenem Deckel für 10 Minuten köcheln lassen.
2. 1/8 l Salzwasser aufkochen und den Reis darin für 20 Minuten köcheln lassen. Den Lauch waschen und klein schneiden. Das Fleisch aus der Brühe heben und abkühlen lassen. Die Brühe absieben und auffangen. Das Fleisch würfeln.
3. In einer Pfanne die Butter erhitzen und die Lauchzwiebel darin dünsten. Darüber Mehl streuen und anschwitzen. Mit der Brühe sowie der Milch ablöschen und aufkochen lassen. Das Fleisch und die Möhre in die Soße geben und nochmals für 2 Minuten köcheln lassen. Das Frikassee mit Muskat, Salz und Pfeffer würzen. Dieses mit dem Reis anrichten.

Puten-Paprika-Spieße mit Erdnuss-Reis

Zutaten für 1 Portion:
Petersilie / 1 TL Butter / 100 ml Instant Gemüsebrühe / 1 EL ungesalzene Erdnüsse / 1 TL Weizenkeimöl / 100 g Langkornreis / 1 Knoblauchzehe / Salz / 1 Mini-Paprika / Pfeffer / 2 Putenfilets / 250 g bunte Paprikaschoten

Zubereitung:

1. Das Fett in einer Pfanne erhitzen. Den Reis mit den Erdnüssen darin dünsten. Danach mit dem Pfeffer sowie dem Salz würzen und mit 70 ml Wasser ablöschen. Den Reis für 20 Minuten garen.
2. Die Paprika entkernen, waschen und klein schneiden. Die Putenfilets mit der Mini-Paprika auf Spieße stecken. Den Knoblauch schälen und hacken. In einer Pfanne das Keimöl erhitzen und den Knoblauch dünsten. Die Spieße darin unter Wenden anbraten.
3. Die Paprikastücke hinzugeben und mit braten. Diese mit Salz sowie Pfeffer würzen und bei geschlossenem Deckel für 10 Minuten garen. Das Gemüse und die Spieße mit der Brühe ablöschen und anrichten. Dazu den Erdnuss-Reis servieren und mit der Petersilie garnieren.

Rosinen-Curry-Reis mit Sahne-Schnitzel

Zutaten für 1 Portion:
30 g saure Sahne / 40 g Langkornreis / Soßenbinder / Salz / 1 TL Öl / Pfeffer / 100 g Putenschnitzel / Curry / 200 g Porree / 1 TL Rosinen

Zubereitung:

1. 1/8 l Salzwasser aufkochen und den Reis darin für 15 bis 20 Minuten garen. Das Curry sowie die Rosinen hinzugeben. Den Porree waschen und kleinschneiden. Das Putenschnitzel waschen und ebenfalls klein schneiden.
2. In einer Pfanne Öl erhitzen und das Fleisch darin anbraten. Danach den Porree hinzugeben und ebenfalls braten. Danach würzen und mit 100 ml Wasser ablöschen. Das Wasser aufkochen lassen und die Sahne einrühren.
3. Die Soße andicken und den Reis mit dem Sahne-Schnitzel anrichten.

Hähnchen-Spieße mit Erdnusssoße

Zutaten für 1 Portion:
Salz / 100 g Hähnchenbrustfilet / 1 Prise Zucker / 2 EL Sojasoße / 1 TL Zitronensaft / 2 Msp. Sambal Oelek / 3 EL ungesüßte Kokosmilch / 1 Zwiebel / 1 Knoblauchzehe / 1 EL geröstete ungesalzene Erdnusskerne / 2 EL Öl

Zubereitung:

1. Das Hähnchen waschen, abtrocknen und würfeln. Das Hähnchenfleisch auf Holzspieße stecken. Das Sambal Oelek mit 1 EL Sojasoße vermischen und die Hähnchenspieße darin für 30 Minuten marinieren lassen.
2. Die Zwiebel schälen und hacken. Die Nüsse mahlen. In einer Pfanne 1 EL Öl erhitzen und das Nussmehl sowie die Zwiebel darin anbraten. Den Knoblauch schälen und durch eine Knoblauchpresse zu den Zwiebeln geben. Mit der Kokosmilch sowie dem Zitronensaft ablöschen. Die Soße mit der restlichen Sojasoße, dem Zucker sowie Sambal Oelek und dem Salz abschmecken.
3. Die Soße einkochen lassen und nochmals abschmecken. Das restliche Öl in einer separaten Pfanne erhitzen und die Spieße darin von beiden Seiten für 3 Minuten anbraten. Die fertigen Spieße mit der Erdnuss-Soße servieren.

Überbackene Hackfleischkartoffeln

Zutaten für 1 Portion:
½ Bund Petersilie / 2 große Kartoffeln / ½ Bund Dill / 100 – 150 g Hackfleisch / Pfeffer / 1 – 2 EL Tomatenmark / Salz / 1 Zwiebel / 20 g Butter / 50 g geriebener Käse / 30 g Kräuterbutter

Zubereitung:

1. Die Zwiebel schälen und hacken. Butter in einer Pfanne erhitzen und die Zwiebel darin anbraten. Salzwasser erhitzen und die Kartoffeln mit der Schale garen. Die Kartoffeln leicht aushöhlen.
2. Das Innere der Kartoffel mit der Zwiebel sowie dem Hackfleisch und dem Tomatenmark vermischen. Die Masse mit Salz sowie Pfeffer würzen und die Kartoffeln damit füllen. Den Backofen auf 200 °C erhitzen.
3. Die gefüllten Kartoffeln auf ein Backblech geben und den Käse darüber streuen. Darauf die Kräuterbutter streichen und die Kartoffeln für 20 Minuten überbacken. Die fertigen Kartoffeln mit der Petersilie und dem Dill garnieren.

Kartoffel-Speck-Omelett

Zutaten für 1 Portion:
¼ Bund Schnittlauch / 125 g Kartoffeln / Salz / 25 g durchwachsener Speck / 2 Eier

Zubereitung:

1. Die Kartoffeln schälen und in sehr feine Scheiben schneiden. Den Schnittlauch waschen und hacken. Die Eier miteinander verquirlen. Die Eiermasse mit Schnittlauch sowie Salz verrühren.
2. In einer Pfanne den Speck erhitzen und die Kartoffelscheiben hinzugeben. Diese mit anbraten und mit Salz würzen.
3. Die Eiermasse über die Kartoffeln geben und zu einem Omelett stocken lassen.

Pellkartoffeln mit Lachsschinken und Dip

Zutaten für 1 Portion:
¼ Bund Schnittlauch / 200 g Kartoffeln / ½ Schalotte / Salz / Cayennepfeffer / 30 g Lachsschinken / ¼ TL gemahlener Kurkuma / ½ gelbe Paprikaschote / ¼ TL Curry / ½ bis 1 Knoblauchzehe / Pfeffer / 75 g Magerquark / Salz

Zubereitung:

1. Den Backofen auf 175 °C erhitzen. Die Kartoffeln waschen. Salzwasser aufkochen und die Kartoffeln mit der Schale für 20 bis 25 Minuten garen. Die Paprika entkernen, waschen und halbieren. Diese mit der Außenseite nach oben für 8 Minuten rösten.
2. Die Paprika abkühlen lassen und häuten. Das Fruchtfleisch würfeln. Den Knoblauch schälen und hacken. Beides mit dem Quark pürieren und mit Kurkuma, Salz, Cayennepfeffer, Pfeffer und Curry würzen. Die Schalotte schälen und würfeln. Diese zu dem Quark geben und verrühren. Den Schnittlauch waschen und hacken. ½ EL Schnittlauch zur Seite legen. Den restlichen unter den Quark rühren.
3. Die Kartoffeln abschütten, pellen und mit dem Lachsschinken sowie dem Quark anrichten. Darüber den Schnittlauch streuen und servieren.

Pesto-Kartoffeln mit Speck

Zutaten für 1 Portion:
200 g Speck / 250 g Kartoffeln / 50 g Fetakäse / 40 g Walnusskerne / Pfeffer / Parmesan / Salz / Basilikum / 4 – 6 EL Olivenöl

Zubereitung:

1. Den Knoblauch schälen und mit dem Basilikum sowie den Walnusskernen mixen. Das Olivenöl sowie den Parmesan hinzugeben und pürieren. Den Käse hineinbröckeln und für 20 Minuten ruhen lassen.
2. Wasser aufkochen und die Kartoffeln mit der Schale kochen. Diese pellen und das Pesto unterheben.
3. Die Pesto-Kartoffeln mit dem Speck anrichten.

Geröstete Kartoffeln mit Putenstreifen

Zutaten für 1 Portion:
weißer Pfeffer / 300 g Kartoffeln / Salz / 2 Zwiebeln / Curry / ½ Bund Schnittlauch / 1 TL Öl / 2 Scheiben geräucherte Putenbrust

Zubereitung:

1. Die Kartoffeln waschen. Wasser aufkochen und die Kartoffeln bei geschlossenem Deckel für 20 Minuten kochen lassen. Danach die Kartoffeln abschrecken, pellen und halbieren.
2. Die Zwiebel schälen und in Spalten schneiden. Den Schnittlauch waschen und hacken. Die Putenbrust in Streifen schneiden. In einer Pfanne Öl erhitzen und die Kartoffeln mit den Zwiebeln darin für 10 Minuten braten. Diese mit Pfeffer, Curry sowie Salz würzen.
3. Den Schnittlauch und die Putenbrust unterrühren und die gerösteten Kartoffeln servieren.

Scharfe Nudeln mit Sardellen

Zutaten für 1 Portion:
1 EL Olivenöl / 150 g Nudeln / 1 Chilischote / 200 g passierte Tomaten / 1 Knoblauchzehe / 2 EL Kapern / 5 eingelegte Sardellen

Zubereitung:
1. Die Nudeln zuerst nach Anweisung kochen. Die Chilischote, die Sardellen und die Kapern hacken. Den Knoblauch schälen und hacken.
2. In einer Pfanne das Olivenöl erhitzen. Die Sardellen mit dem Knoblauch, den Kapern sowie der Chilischote darin anbraten. Mit den passierten Tomaten ablöschen und für 1 Minute köcheln lassen.
3. Die fertigen Nudeln abschütten und mit der Soße vermischen.

Corned-Beef-Nudeln

Zutaten für 1 Portion:
Flüssiggewürz / 125 g Hörnchen-Nudeln / Pfeffer / 2 l Salzwasser / Salz / 100 g Corned Beef / 1 EL Margarine / 1 Zwiebel

Zubereitung:
1. Salzwasser aufkochen und die Nudeln darin nach Anweisung garen. Danach abschrecken und abtropfen lassen. Das Corned Beef klein schneiden. Die Zwiebel schälen und hacken.
2. Margarine in einer Pfanne erhitzen und die Zwiebel darin dünsten. Danach das Wasser sowie das Corned Beef hinzugeben und bei geringer Hitze köcheln lassen.
3. Das Beef mit den Flüssiggewürzen, Salz sowie Pfeffer abschmecken. Danach die Nudeln hinzugeben und verrühren.

Nudelpfanne mit Schweinefleisch

Zutaten für 1 Portion:

Zucker / 50 g chinesische Eiernudeln / Salz / 75 g Schweinefilet / 1 EL Zitronensaft / 75 g Chinakohl / ½ EL Austernsoße / ½ Knoblauchzehe / 1 EL Worcestersoße / ½ EL Ingwer / 1 EL helle Sojasoße / 1 EL Sonnenblumenöl / 25 g Sojabohnensprossen / 50 g rote Paprikaschote / 50 g grüne Paprikaschote

Zubereitung:

1. Wasser aufkochen und die Eiernudeln darin für 3 – 4 Minuten garen. Das Schweinefilet in Streifen schneiden. Den Knoblauch schälen und durch eine Knoblauchpresse drücken. Den Knoblauch mit den Fleischstreifen sowie dem geriebenen Ingwer mischen.
2. 1 EL Öl in einer Pfanne erhitzen und das Fleisch für 2 Minuten anbraten. Danach aus der Pfanne nehmen. Die Paprika entkernen, waschen und in Streifen schneiden. Den Chinakohl ebenfalls in Streifen schneiden. Die Sojasprossen abschütten. Die fertigen Nudeln über die Sojasprossen geben und zusammen abtropfen lassen.
3. 1 EL Öl in einer Pfanne erhitzen und die Paprika mit dem Kohl darin anbraten. Danach die Nudeln mit den Sprossen hinzugeben. Anschließend das Fleisch hinzugeben und mit der Worcestersoße, der Austernsoße, der Sojasoße, Zucker, Zitronensaft sowie Salz würzen.

Überbackene Nudeln mit Puten-Gemüse-Soße

Zutaten für1 Portion:
Pfeffer / 125 g Putenbrust / Salz / 150 g Zucchini / Olivenöl / 60 g Bandnudeln / 1 Msp. Basilikum / 30 g Parmesan / ½ rote Paprikaschote

Zubereitung:
1. Wasser und etwas Olivenöl mischen. Die Nudeln darin nach Anweisung kochen. Die fertigen Nudeln abschrecken. Die Putenbrust in Streifen schneiden. Die Paprika entkernen, waschen und in Streifen schneiden. Die Zucchini waschen und in Streifen schneiden.
2. In einer Pfanne Öl erhitzen und das Putenfleisch darin von allen Seiten anbraten. Danach das Fleisch aus der Pfanne nehmen und die Zucchini sowie die Paprika darin für 5 Minuten dünsten. Mit 2 EL Wasser ablöschen und das Fleisch hinzugeben. Das Gemüse mit Basilikum, Salz sowie Pfeffer würzen und aufkochen lassen.
3. Die fertigen Nudeln anrichten, den Käse darüber streuen. Die Nudeln für 2 Minuten überbacken. Danach mit der Puten-Gemüse-Soße übergießen und servieren.

Specknudeln

Zutaten für 1 Portion:
100 g geriebener Parmesankäse / 50 g Speck / 200 g Nudeln / 2 EL Olivenöl / Meersalz / 1 Knoblauchzehe / 2 Tomaten / 1 rote Chilischote / Salz

Zubereitung:
1. Den Speck in Streifen schneiden. Den Knoblauch schälen und hacken. Die Chilischote entkernen, waschen und hacken. Wasser aufkochen und die Tomaten damit übergießen. Die Tomaten häuten und das Fruchtfleisch würfeln. Die Nudeln nach Anweisung kochen.
2. In einer Pfanne das Olivenöl erhitzen und den Speck darin anbraten. Danach aus der Pfanne nehmen und in derselben Pfanne die Chilischote, den Knoblauch sowie die Tomaten einkochen lassen. Danach den Speck hinzugeben und mit Salz würzen.
3. Die fertigen Nudeln hinzugeben und mit der Hälfte des Käses verrühren. Die Specknudeln anrichten und den restlichen Parmesankäse dazu servieren.

Spaghetti mit Champignon-Hackfleischsoße

Zutaten für 1 Portion:
1 TL geriebener Parmesan / 40 g Spaghetti / Paprikapulver-edelsüß / Salz / 1 TL heller Soßenbinder / 50 g Lauch / 1 EL saure Sahne / 100 g Champignons / 100 ml Gemüsebrühe / 100 g Beefsteakhack / 1 TL Öl

Zubereitung:

1. Salzwasser aufkochen und die Nudeln darin für 8 bis 10 Minuten kochen. Die Pilze sowie den Lauch waschen und klein schneiden.
2. In einer Pfanne das Öl erhitzen und die Pilze mit dem Lauch sowie dem Hackfleisch anbraten. Danach mit der Brühe ablöschen und die Sahne einrühren. Die Soße mit Soßenbinder andicken und aufkochen lassen. Die Hackfleischsoße abschmecken.
3. Die fertigen Nudeln sowie den Käse unter die Champignon-Hackfleischsoße heben und servieren.

Ravioli-Auflauf

Zutaten für 1 Portion:
2 Scheiben Käse / 1 Dose Eier-Ravioli in Tomatensoße / 1 Dose Erbsen-Möhren-Gemüse

Zubereitung:

1. Die Hälfte der Ravioli in eine Auflaufform geben. Darüber das Gemüse verteilen und die restlichen Ravioli darüber geben.
2. Die Ravioli mit dem Käse belegen und bei 180 °C 30 Min überbacken.

Klassische Schnupfnudeln

Zutaten für 1 Portion:
1 Handvoll Sauerkraut / 1 Portion Schnupfnudeln / 100 g geräucherter Bauchspeck

Zubereitung:
1. In einem Topf das Sauerkraut mit dem Saft sowie etwas Brühe für 15 Minuten garen. Den Speck würfeln. Die Schnupfnudeln nach Anweisung zubereiten.
2. In einer Pfanne den Speck braten. Das Sauerkraut abtropfen lassen und zu dem Speck geben. Diesen für 2 bis 3 Minuten mit baten.
3. Die Schnupfnudeln mit dem Sauerkraut sowie dem Speck anrichten und servieren.

Hähnchen mit Sellerie

Zutaten für 1 Portion:
1 Stangensellerie / 300 ml Hühnerbouillon / 1 EL Schnittlauch / 1 Karotte / 100 g Hühnerbrust

Zubereitung:
1. Die Hühnerbouillon aufkochen. Die Hühnerbrust klein schneiden. Das Gemüse hacken und zusammen mit dem Hähnchenfleisch für 10 Minuten kochen.
2. Beides anrichten und mit dem Schnittlauch garnieren.

Reis-Hähnchen-Pfanne

Zutaten für 1 Portion:
½ Pck. gefrorene Petersilie / 25 g Zwiebel / Muskatnuss / ½ Knoblauchzehe / weißer Pfeffer / 1 EL Olivenöl / Salz / 65 g Langkornreis / mildes Currypulver / 125 ml Hühnerbrühe / 1 Ei / ¼ gegrilltes Hähnchen / ½ rote Chilischote / 30 g Krabbenfleisch / 40 g gekochter Schinken

Zubereitung:

1. Den Knoblauch sowie die Zwiebel schälen. Die Zwiebel in Ringe schneiden. Den Knoblauch durch eine Knoblauchpresse drücken. In einer Pfanne das Öl erhitzen und die Zwiebel mit dem Knoblauch darin dünsten. Den Reis hinzugeben und anbraten. Danach mit der Brühe ablöschen und für 8 – 10 Minuten ohne Deckel kochen lassen. Den Reis gelegentlich umrühren. Danach den Reis abdecken und für 10 – 12 Minuten quellen lassen.
2. Das Hähnchenfleisch von dem Knochen entfernen. Die Krabben abtropfen lassen. Den Schinken würfeln. Die Chilischote entkernen und hacken. Das Ei aufschlagen und verquirlen.
3. Das Hähnchen mit der Chilischote, den Krabben sowie dem Schinken unter den Reis geben. Die Reis-Hähnchenpfanne mit Muskat, Salz, Currypulver sowie Pfeffer würzen. Das Ei und die Petersilie unter die Reispfanne heben und stocken lassen.

Gebackener Reis mit Gemüse und Schnitzel

Zutaten für1 Portion:
Pfeffer / 150 g Schweineschnitzel / Salz / 30 g roher Schinken / 1 Msp. Safranpulver / 1 Zwiebel / 1 TL Olivenöl / 1 Tomate / 50 g Reis / 2 EL gefrorene Erbsen / 250 ml Instant-Hühnerbrühe / 2 rote Paprika / 1 TL Butterschmalz / 50 g Hühnerleber

Zubereitung:

1. Die Erbsen auftauen lassen. Das Fleisch waschen, abtrocknen und würfeln. Den Schinken würfeln. Die Zwiebel schälen und würfeln. Die Tomate waschen und hacken. Die Paprika entkernen, waschen und klein schneiden. Die Leber waschen, abtrocknen und klein schneiden.
2. In einer Pfanne das Butterschmalz erhitzen. Den Schinken mit dem Fleisch darin anbraten. Dazu die Hälfte der Zwiebel geben und mit anbraten. Die Leber hinzugeben und für 3 Minuten braten. Danach die Leber aus der Pfanne nehmen. Das Fleisch mit 50 ml Hühnerbrühe ablöschen und die Tomaten hinzugeben. Das Fleisch mit der Tomate für 15 Minuten köcheln lassen.
3. In einer separaten Pfanne Öl erhitzen und den Reis mit der restlichen Zwiebel anbraten. Diese mit der Brühe ablöschen und für 20 Minuten garen. Den Backofen auf 200 °C erhitzen. Die Paprika mit der Leber, dem Fleisch, den Erbsen sowie dem Safran unter den Reis rühren. Die Reismischung mit Salz sowie Pfeffer würzen und im Backofen für 10 Minuten backen.

Eintopf / Suppen

Zucchini-Paprika-Eintopf

Zutaten für 1 Portion:
1 Scheibe Bauernbrot / 200 g Zucchini / 3 Stiele Petersilie / 200 g gelbe Paprikaschote / 3 Stiele Thymian / 200 g Staudensellerie / 1 Lorbeerblatt / 2 Fleischtomaten / 1 EL Olivenöl / 1 Knoblauchzehe

Zubereitung:

1. Das Gemüse waschen. Wasser aufkochen und die Tomaten damit übergießen. Danach die Tomaten häuten. Das Gemüse klein schneiden. Den Knoblauch schälen und hacken. Öl in einer Pfanne erhitzen und den Knoblauch darin dünsten.
2. Das Gemüse zu dem Knoblauch geben und mit dünsten. Mit 50 ml Wasser ablöschen und mit den Kräutern sowie dem Lorbeerblatt würzen.
3. Das Gemüse mit Salz und Pfeffer würzen. Danach bei geschlossenem Deckel für 15 Minuten schmoren. Das Brot toasten und mit dem Eintopf anrichten.

Zucchini-Puten-Eintopf

Zutaten für1 Portion:
Salbeiblätter / 250 g Zucchini / Tabascosoße / 200 g Putenbrustfilet / Pfeffer / 200 ml Hühnerbrühe / 1 Knoblauchzehe / 1 TL Öl

Zubereitung:

1. Die Salbeiblätter waschen und in Streifen schneiden. Die Zucchini waschen und in Scheiben schneiden. Das Putenfleisch waschen und würfeln. Den Knoblauch schälen und hacken.
2. In einem Topf Öl erhitzen und das Putenfleisch darin rundherum anbraten. Den Knoblauch zu dem Fleisch geben und die Salbeistreifen unterrühren. Das Fleisch mit der Brühe ablöschen.
3. Die Zucchini zu dem Fleisch geben und aufkochen lassen. Den Topf verschließen und den Eintopf für 5 Minuten köcheln lassen. Danach mit Tabasco, Salz sowie Pfeffer würzen und mit dem Salbei garnieren.

Champignons-Eintopf nach chinesischer Art

Zutaten für 1 Portion:
1 EL Öl / 250 g braune Champignons / weißer Pfeffer / 2 – 3 EL Sojasoße / ½ Chilischote / 1 kl. Chinakohl / Salz / 100 ml Gemüsebrühe

Zubereitung:

1. Die Champignons waschen und in Scheiben schneiden. Die Chilischote entkernen, waschen und in Streifen schneiden. Den Chinakohl waschen und ebenfalls in Streifen schneiden.
2. In einem Topf das Öl erhitzen und die Champignons mit der Chilischote sowie dem Chinakohl unter Rühren dünsten. Mit der Brühe und der Sojasoße ablöschen. Den Champignon-Eintopf abschmecken und 20 Minuten einkochen.

Kartoffel-Scampi-Suppe

Zutaten für 1 Portion:
50 g Crème fraîche / 500 ml Rinderbouillon / 60 g Lachsschinken / 225 g gekochte Kartoffeln /1 EL gehackter Dill / 75 g gefrorene Erbsen / weißer Pfeffer / 50 g ausgelöste Scampi / Salz

Zubereitung:

1. Die Bouillon aufkochen und die Kartoffeln darin für 4 Minuten erwärmen. Danach die Erbsen hinzugeben. Die Scampi waschen und abtropfen lassen. Die Suppe mit Salz und Pfeffer würzen. Danach die Kräuter einrühren.
2. Die Scampi mit in die Suppe geben und ebenfalls erwärmen. Den Lachsschinken in Streifen schneiden und in Suppentassen geben. Darüber die Suppe gießen und mit Crème fraîche garnieren.

Kartoffel-Eintopf mit Würstchen

Zutaten für 1 Portion:
Kräuter nach Wahl / 250 g Kartoffeln / 1 – 2 EL entrahmte Dickmilch / 1 Möhre / Cayennepfeffer / 1 Zwiebel / Muskat / ½ Stange Lauch / Pfeffer / ½ EL Butter / Salz / ¼ l Brühe / 2 Wiener Würstchen

Zubereitung:

1. Die Möhren sowie die Kartoffeln schälen und in Scheiben schneiden. Die Zwiebel schälen und hacken. Den Lauch waschen und in Scheiben schneiden.
2. In einem Topf die Butter schmelzen und die Zwiebel darin dünsten. Die Kartoffeln sowie den Lauch und die Möhren hinzugeben. Diese dünsten und mit der Brühe ablöschen. Diese aufkochen lassen und mit Cayennepfeffer, Salz, Muskat und Pfeffer würzen. Den Eintopf für 15 – 20 Minuten köcheln lassen.
3. Die Dickmilch mit den Würstchen in die Suppe geben und für 5 Minuten ziehen lassen. Zum Schluss die Kräuter einrühren und servieren.

Nudel-Garnelen-Suppe

Zutaten für 1 Portion:
Basilikumblätter / 3 rohe Garnelen / Pfeffer / 1 TL Öl / Salz / ½ Zwiebel / 50 g Spaghetti-Nester / 375 ml Geflügelbrühe / 25 g Zuckererbsen / 1 Prise geriebener Ingwer

Zubereitung:

1. Die Garnelen waschen und schälen. Die Zwiebel schälen und hacken. Die Zuckererbsen ebenfalls klein schneiden.
2. In einem Topf das Öl erhitzen und die Zwiebel darin anbraten. Danach mit der Geflügelbrühe ablöschen und aufkochen. Die Zuckererbsen mit dem Ingwer, den Spaghetti-Nestern sowie den Garnelen hinzugeben und 5 Minuten kochen lassen.
3. Die Suppe mit Salz und Pfeffer würzen. Danach anrichten und mit dem Basilikum garnieren.

Rosenkohl-Rahm-Suppe

Zutaten für 1 Portion:
1 TL Butter / 200 g Rosenkohl / 4 EL Rahm / Salz / 300 ml Gemüsebouillon / 1 Scheibe Weißbrot / Pfeffer / 1 Eigelb

Zubereitung:
1. Den Rosenkohl waschen. Salzwasser aufkochen und den Rosenkohl darin für 15 bis 20 Minuten kochen. Danach abtropfen lassen und pürieren.
2. Die Gemüsebouillon erhitzen und das Kohlpüree hineingeben. Die Suppe abschmecken und für 3 – 4 Minuten köcheln lassen. Den Rahm mit dem Eigelb verquirlen und in die Suppe geben. Das Eigelb ebenfalls erwärmen.
3. Das Weißbrot würfeln. Butter erhitzen und das Weißbrot darin braten. Die fertige Suppe anrichten und mit dem Weißbrot garnieren.

Einfache Erbsensuppe

Zutaten für 1 Portion:
½ Knoblauchzehe / 250 ml Fleisch- oder Gemüsebrühe / 1 Scheibe Weizenvollkorntoast / 300 g gefrorene Erbsen / 1 Wiener-Würstchen / 1 Pck. gefrorenes Suppengrün

Zubereitung:
1. In einem Topf die Brühe aufkochen und die Erbsen darin für 10 Minuten kochen lassen. Die Erbsen pürieren. Danach das Suppengrün hinzugeben und für 3 Minuten köcheln lassen.
2. Das Wiener-Würstchen in Scheiben schneiden und zu den Erbsen geben. Eine Pfanne erhitzen und den Toast darin rösten. Danach abkühlen lassen. Den Knoblauch schälen und halbieren. Das Toast mit dem Knoblauch einreiben und würfeln.
3. Die Suppe anrichten und mit dem Toast garnieren.

Erbsen-Nudel-Suppe

Zutaten für 1 Portion:
150 g Gekochte Suppennudeln / 1 kl. Dose Erbsen / Brühwürfel / Mehl / Butter

Zubereitung:

1. In einem Topf 1 EL Butter schmelzen lassen. Danach 1 EL Mehl einrühren und dieses unter Rühren bräunen lassen. Die Mischung vom Herd nehmen und mit 500 ml Wasser ablöschen. Die Suppennudeln nach Anweisung zubereiten.
2. Den Brühwürfel sowie die Erbsen hinzugeben und nochmals aufkochen lassen. Die Suppe für 10 Minuten unter Rühren aufkochen lassen.
3. 2 – 3 EL der Suppennudeln in einen Teller geben und die Erbsensuppe darüber geben. Vor dem Servieren die fertige Suppe abschmecken.

Kartoffel-Möhren-Eintopf mit Speck

Zutaten für 1 Portion:
Petersilie / 125 g Kartoffeln / Pfeffer / 50 g Möhren / Salz / ¼ Stange Lauch / 1 Bockwurst / 250 ml Brühe / 50 g Zwiebeln / 15 g geräucherter durchwachsener Speck

Zubereitung:

1. Die Möhren sowie die Kartoffeln schälen und würfeln. Den Lauch waschen und in Ringe schneiden. Den Speck in Würfel schneiden. Die Zwiebel schälen und klein schneiden.
2. Die Brühe erwärmen und das Gemüse darin für 20 Minuten kochen. In einer Pfanne das Fett erhitzen und den Speck mit den Zwiebeln darin dünsten. Die Bockwurst in Scheiben schneiden und mit in die Pfanne geben.
3. Den Speck mit den Zwiebeln sowie der Bockwurst zu dem Gemüse geben und mit Salz sowie Pfeffer würzen. Die Kräuter wachen und hacken. Diese zu dem Eintopf geben und anrichten.

Gemüse-Kalb-Eintopf

Zutaten für 1 Portion:
2 Liebstöckelzweige / 500 ml Fleischbrühe / 2 Petersilienzweige / 100 g Kalbsfleisch / Pfeffer / 100 g Möhren / 1 TL gekörnte Brühe / 150 g Blumenkohl / 1 Zwiebel / 100 g Kohlrabi / 100 g Kartoffeln / 50 g Sellerie / 50 g Brechbohnen

Zubereitung:
1. Das Kalbsfleisch würfeln. Die Fleischbrühe aufkochen und das Fleisch darin garen. Danach das Fleisch aus der Brühe nehmen. Das Gemüse waschen, gegebenenfalls und klein schneiden. Die Kartoffeln schälen und würfeln. Die Kartoffeln mit dem Gemüse zu der Brühe geben.
2. Die Zwiebel schälen und würfeln. In einer Pfanne ½ TL Margarine anbraten und diese ebenfalls in den Eintopf geben. Das Fleisch in den Topf zurückgeben und alles erwärmen.
3. Den Eintopf mit den Gewürzen sowie den Kräutern abschmecken und servieren.

Buchweizennudelsuppe

Zutaten für 1 Portion:
1 TL Sesamsamen / 50 g Buchweizennudeln / Sojasoße / Jodsalz / 100 g Tofu / 350 ml Instant Gemüsebrühe / 2 Lauchzwiebeln / 1 rote Chili / 100 g grüner Spargel / 75 g Zuckerschoten / 100 g Blattspinat

Zubereitung:
1. Salzwasser aufkochen und die Nudeln darin für 6 Minuten garen. Die Nudeln abschrecken und abtropfen lassen. In einem Topf die Brühe erhitzen.
2. Die Chilischote entkernen und klein schneiden. Diese mit in die Brühe geben. Den Spinat und die Zuckerschoten waschen. Die Zwiebeln schälen und in Ringe schneiden. Den Spargel schälen und die Enden entfernen.
3. Den Spargel mit der Zuckerschote in die Brühe geben und für 2 Minuten garen. Den Tofu würfeln und mit den Zwiebeln sowie dem Spinat ebenfalls in die Brühe geben. Die Suppe für 2 Minuten garen. Danach die Nudeln hinzugeben und für 2 bis 3 Minuten weiter garen. Die fertige Suppe mit der Sojasoße abschmecken und mit dem Sesam garnieren.

Hähnchen-Möhren-Suppe

Zutaten für 1 Portion:
5 g Butter / 1 Hähnchenschenkel / Pfeffer / 1 Karotte / Salz / 1 Zwiebel / 1 Ei / 1 Sellerie / 1 Lauch

Zubereitung:

1. Den Lauch waschen und klein schneiden. Die Zwiebel sowie die Karotte schälen und ebenfalls klein schneiden. Butter erhitzen und die Zwiebel mit dem Lauch sowie den Karotten darin dünsten. Diese mit 500 ml Salzwasser ablöschen. Den Sellerie reiben und dazu geben. Die Suppe aufkochen lassen.
2. Den Hähnchenschenkel hinzugeben und für 20 Minuten kochen. Danach aus der Suppe nehmen und das Fleisch vom Knochen lösen. Das Fleisch in Streifen schneiden und wieder zurück in die Suppe geben.
3. Die Suppe nochmals aufkochen. Das Ei aufschlagen und vorsichtig in die Suppe rühren. Die fertige Suppe anrichten und servieren.

Kürbis-Sahne-Suppe

Zutaten für 3 Portionen:
250 ml Sahne / 600 g Kürbis / 1 Schuss Kürbiskernöl / Salz / 125 ml Weißwein / 1 Zwiebel

Zubereitung:
1. Den Kürbis schälen und das Fruchtfleisch würfeln. Die Zwiebel schälen und hacken. In einem Topf die Zwiebel mit dem Kürbis anbraten. Danach mit Weißwein ablöschen und etwas Brühe einrühren. Den Kürbis weich kochen.
2. Die Sahne einrühren und den Kürbis darin pürieren. Die Suppe mit Salz sowie Pfeffer würzen. Die fertige Suppe anrichten und mit dem Kürbiskernöl garnieren.

Brötchensuppe

Zutaten für 1 Portion:
1 EL Butter / 250 ml Wasser / Brötchenwürfel / Lauch / Gemüsebrühe / Sellerie / Salz / Karotten / 1 TL Schmant / Liebstöckel / Kohlrabi-Schale / Brennnesselblättchen

Zubereitung:
1. Das Gemüse schälen und klein schneiden. Dieses mit den Kräutern für 10 Minuten in Wasser kochen. Das Gemüse aus der Brühe nehmen und den Schmand in die Gemüsebrühe rühren. Die Suppe mit Salz würzen.
2. Butter in einer Pfanne erhitzen und die Brötchenwürfel darin rösten. Die Gemüsebrühe in einen Teller geben und die Brötchenwürfel hineingeben.

Lauch-Kartoffel-Suppe

Zutaten für 1 Portion:
1 Prise Zucker / 1 EL Butter / 1 Prise Cayennepfeffer / 1 Stange Lauch / 1 Eigelb / 1 Kartoffel / Pfeffer / 1 Tasse Weißwein / Salz / 125 ml Gemüsebrühe / 1 Msp. Muskat / 2 EL Crème fraîche

Zubereitung:
1. Den Lauch waschen und klein schneiden. Die Kartoffeln schälen und würfeln. In einer Pfanne die Butter erhitzen und den Lauch darin dünsten. Die Kartoffeln hinzugeben und mit dünsten. Beides mit dem Weißwein ablöschen und die Brühe einrühren.
2. Die Suppe für 10 Minuten bei geschlossenem Deckel köcheln lassen. Einige Lauchstücke aus der Suppe nehmen. Das restliche Gemüse pürieren und nochmals erwärmen. Die Suppe mit Pfeffer, Muskat und Salz würzen.
3. Die Crème fraîche mit dem Eigelb mischen und unter die Suppe ziehen. Diese vom Herd nehmen und nochmals mit Cayennepfeffer sowie etwas Zucker würzen. Die übrigen Lauchstücke zurück in die Suppe geben und servieren.

Möhren-Sahne-Suppe

Zutaten für 1 Portion:
2 EL Sahne / 1 Zwiebel / 1 Eigelb / ½ Knoblauchzehe / Cayennepfeffer / 150 g Möhren / Salz / 1 Apfel / 200 ml Gemüsebrühe / 1 EL Butter / ½ EL Mehl

Zubereitung:
1. Die Zwiebel sowie den Knoblauch schälen und hacken. Die Möhren schälen und klein schneiden. Die Äpfel schälen, entkernen und das Fruchtfleisch würfeln. In einem Topf die Butter erhitzen und die Zwiebel darin dünsten. Den Knoblauch hinzugeben und rösten.
2. Die Apfelstücke und die Möhren mit in die Pfanne geben und anbraten. Darüber das Mehl stäuben und anschwitzen. Danach mit der Brühe ablöschen und unter ständigem Rühren aufkochen lassen. Danach für 20 Minuten köcheln lassen und die Suppe mit Salz sowie Cayennepfeffer würzen. Die Suppe vom Herd nehmen.
3. Die Äpfel mit den Möhren pürieren. Das Eigelb verquirlen und in die Suppe geben. Die fertige Suppe anrichten und mit der Sahne sowie den Kräutern garnieren.

Tomaten-Reis-Suppe

Zutaten für 1 Portion:
1 TL Cashewkerne / 50 g Basmati-Reis / 100 ml Instant Gemüsebrühe / Salz / 200 ml geschälte Tomaten / 75 g Hähnchenbrustfilet / 1 Chilischote / 1 EL Olivenöl / 1 Zwiebel / Pfeffer / 1 Knollensellerie / ½ Stange Lauch / 1 Möhre

Zubereitung:

1. 100 ml Wasser in einen Topf geben und mit etwas Salz sowie dem Reis aufkochen lassen. Den Reis bei geringer Hitze für 15 Minuten quellen lassen. Das Hähnchenfleisch waschen und abtrocknen. In einer Pfanne 1 TL Öl erhitzen und das Fleisch darin anbraten. Das Fleisch aus der Pfanne nehmen und mit Salz sowie Pfeffer würzen.
2. Die Möhre schälen, den Lauch sowie den Sellerie schälen und klein schneiden. Die Zwiebel schälen und hacken. Die Chili entkernen, waschen und in Ringe schneiden. Das restliche Öl in einer Pfanne erhitzen und die Zwiebel darin dünsten. Den Chili sowie das Suppengemüse hinzugeben und für 4 Minuten dünsten.
3. Die Tomaten zerkleinern und mit dem Saft sowie der Brühe unter das Gemüse mischen. Dieses für 10 Minuten einkochen lassen. Die Cashewkerne hacken. Den Reis abschütten und mit den Kernen mischen. Die Suppe mit Salz sowie Pfeffer würzen. Das Fleisch in Streifen schneiden. Den Reis mit dem Fleisch in einen Suppenteller geben und die Tomatensuppe darüber geben.

Zwiebel-Käse-Suppe

Zutaten für 2 Portionen:
1 TL geriebener Parmesan / 150 g Zwiebeln / 1 Scheibe Vollkorntoast / 1 l Instant-Fleischbrühe /
1 Prise Peperoncino / 2 TL Butter / 1 TL getrockneter Majoran

Zubereitung:

1. Die Zwiebel schälen und in Scheiben schneiden. Die Fleischbrühe aufkochen und 1 TL Butter mit der Zwiebel sowie den Gewürzen hinzugeben. Die Brühe für 45 Minuten bei geschlossenem Deckel und geringer Hitze köcheln lassen.
2. Das Toastbrot würfeln. In einer Pfanne die restliche Butter erhitzen und das Toast darin rösten. Die Toastwürfel in einen Suppenteller geben und die heiße Suppe darüber gießen. Vor dem Servieren mit dem Parmesan bestreuen.

Hackfleisch-Lauch-Suppe

Zutaten für 1 Portion:
Petersilie / 100 g gemischtes Hackfleisch / Kräuter der Provence / ½ Zwiebel / 65 g Schmelzkäse / ½ Stange Lauch / 65 ml Weißwein / 1 EL Öl / 180 ml Wasser / Salz / Pfeffer

Zubereitung:
1. Die Petersilie waschen und hacken. Die Zwiebel schälen und in Ringe schneiden. Den Lauch waschen und in Ringe schneiden.
2. In einer Pfanne Öl erhitzen und den Lauch sowie die Zwiebel darin dünsten. Das Hackfleisch hinzugeben und mit anbraten. Das Hackfleisch mit Salz und Pfeffer würzen. Danach für 5 Minuten bei geschlossenem Deckel garen.
3. Das Hackfleisch mit dem Wein sowie dem Wasser ablöschen und aufkochen lassen. Den Schmelzkäse einrühren und die Suppe mit Salz sowie Pfeffer würzen. Danach mit den Kräutern der Provence abschmecken. Die fertige Hackfleisch-Lauch-Suppe mit der Petersilie garnieren.

Zwiebel-Rahm-Suppe

Zutaten für 1 Portion:
350 ml Hühnerbouillon / 1 Zwiebel / 1 EL Petersilie / Pfeffer / 1 TL Mehl / 1 EL Butter / 5 EL Rahm / 1 EL Butter

Zubereitung:
1. Die Zwiebel schälen und in Scheiben schneiden. Die Butter in einer Pfanne erhitzen und die Zwiebeln darin dünsten. Danach mit Mehl bestäuben und anschwitzen. Die Zwiebel mit der Bouillon ablöschen und würzen.
2. Die Zwiebeln für 15 Minuten bei geringer Hitze kochen lassen. Danach den Rahm einrühren und aufkochen lassen.
3. Die fertige Zwiebel-Rahm-Suppe mit der Petersilie garnieren.

Tomatencremesuppe

Zutaten für 1 Portion:

Zucker / 1 kl. Dose geschälte Tomaten / Salz / ½ Zwiebel / ½ TL eingelegte grüne Pfefferkörner / ½ Knoblauchzehe / 2 ½ EL Sahne / ½ EL Butter

Zubereitung:

1. Die Zwiebel schälen und hacken. Den Knoblauch schälen und zerdrücken. Die Tomaten passieren.
2. In einer Pfanne die Butter erhitzen und den Knoblauch mit der Zwiebel darin dünsten. Danach die Tomaten hinzugeben und für 8 Minuten köcheln lassen.
3. Die Sahne sowie die Pfefferkörner einrühren und die Tomatencremesuppe mit Salz und etwas Zucker abschmecken.

Salate

Matjes-Apfel-Salat

Zutaten für 1 Portion:
1 EL Mayonnaise / 1 Matjesfilet / 1 EL Crème fraîche / ½ Apfel / ¼ rote Zwiebel

Zubereitung:

1. Das Matjesfilet zuerst klein schneiden. Die Zwiebel schälen und würfeln. Den Apfel schälen, das Kerngehäuse entfernen. Danach den Apfel klein schneiden.
2. Die Crème fraîche mit der Mayonnaise verrühren. Die restlichen Zutaten einrühren und den Salat vor dem Servieren einige Stunden ruhen lassen.

Radieschen-Matjes-Salat

Zutaten für 1 Portion:
Einige Salatblätter / ½ Lauchzwiebel / Zitronenschnitze / ¼ Bund Radieschen / 2 Matjesfilets / ¼ Bund Petersilie / ¼ Salatgurke / ¼ Bund Dill / ½ TL mittelscharfer Senf / 115 g Vollmilch-Joghurt / Zitronensaft / Salz / weißer Pfeffer

Zubereitung:

1. Die Lauchzwiebel waschen und in Scheiben schneiden. Die Radieschen waschen und in Stifte schneiden. Die Kräuter waschen und hacken.
2. Die Lauchzwiebeln mit dem Joghurt und den Radieschen mischen. Danach den Dill sowie die Petersilie untermischen. Die Joghurtsoße mit Salz, Senf sowie dem Zitronensaft abschmecken.
3. Die Gurke waschen und in Scheiben schneiden. Die Gurkenscheiben auf einem Teller verteilen. Das Matjesfilet darauf legen und die Joghurtsoße darüber geben. Zum Schluss mit den Kräutern sowie den Salatblätter und den Zitronenschnitzen garnieren.

Fenchel-Orangen-Salat

Zutaten für 1 Portion:
Salz / 1 Fenchelknolle / Pfeffer / 1 Orange / 1 TL Honig / 1 TL Zitronensaft

Zubereitung:

1. Den Fenchel waschen und in Ringe schneiden. Die Orange schälen und filetieren. Die Orange mit dem Fenchel mischen.
2. Den Honig mit Zitronensaft erwärmen und schmelzen lassen. Das Honig-Dressing über den Fenchel geben und den Salat mit Pfeffer würzen.

Hähnchen-Spargel-Salat

Zutaten für 1 Portion:
Süßstoff / 75 g gekochtes Hähnchenfleisch / Curry / 60 g Mandarinen / Pfeffer / 100 g Spargel / Salz / 5 g Öl / Zitronensaft / 50 g Vollkorntoast

Zubereitung:

1. Wasser aufkochen und den Spargel darin garen. Den Spargel abschütten und das Spargelwasser auffangen. Die Mandarinen schälen und klein schneiden. Das Hähnchenfleisch sowie den Spargel ebenfalls klein schneiden.
2. Das Öl, den Zitronensaft, etwas Spargelwasser sowie Süßstoff und die Gewürze verrühren. Das Hähnchenfleisch mit dem Spargel sowie den Mandarinen vermischen.
3. Das Dressing unterrühren und den fertigen Salat mit dem Vollkorntoast anrichten.

Scharfer Hühnerleber-Salat

Zutaten für 1 Portion:
Pfeffer / 65 g Hühnerleber / Meersalz / 1 EL Chili-Öl / 1 TL Weißweinessig / ¼ Chilischote in Öl / 1 TL Butter / ½ Knoblauchzehe / 1 TL Olivenöl / ½ Frühlingszwiebel / 90 g Salatblätter / Koriandergrün

Zubereitung:

1. Die Leber waschen, abtrocknen und die Sehnen entfernen. Danach die Hühnerleber in Scheiben schneiden. In einer Pfanne das Chili-Öl erhitzen.
2. Die Chilischote entkernen und hacken. Den Knoblauch schälen und hacken. Beides in dem Öl anbraten. Die Frühlingszwiebel waschen und klein schneiden. Das Koriandergrün hacken. Dieses mit der Frühlingszwiebel zu dem Knoblauch geben. Danach die Leber hinzugeben und braten.
3. Den Salat waschen und anrichten. Darüber das Olivenöl träufeln und Salz darüber streuen. Die Leber auf den Salat geben. In derselben Pfanne die Butter erhitzen und mit dem Essig ablöschen. Die Soße einkochen lassen und würzen. Zum Schluss die Soße über den Salat geben und servieren.

Nudelsalat mit Hähnchenfleisch

Zutaten für 1 Portion:
½ TL gehackte Schalotten / 1 EL Öl / gehackte Petersilie / 100 g Makkaroni / Pfeffer / 125 g abgebrühtes Mischgemüse / Senf / 85 g gekochtes Hühnchen / getrocknete Majoran-Blätter / 35 g Käse / 1 EL Estragon-Essig / ½ Stange Sellerie / 20 ml Öl

Zubereitung:

1. Den Käse sowie das Fleisch würfeln. Den Sellerie waschen und in Scheiben schneiden. Wasser mit Öl in einem Topf aufkochen und die Nudeln darin nach Anweisung kochen. Die Nudeln abschütten und abkühlen lassen.
2. Die fertigen Nudeln mit dem Gemüse, dem Hühnerfleisch sowie dem Käse und dem Sellerie mischen.
3. Die Schalotten mit dem Öl, der Petersilie, dem Essig, dem Senf, Majoran-Blätter sowie dem Pfeffer verrühren. Das Dressing über den Salat geben und verrühren.

Kartoffelsalat mit Oliven

Zubereitungszeit: 10 Minuten

Zutaten für 1 Portion:

Thymian / 200 g Pellkartoffeln / Rosmarin / 80 g Tomaten / Basilikum / 20 g Lauchzwiebeln / etwas Knoblauch / 20 g schwarze Oliven / Pfeffer / 30 g Parmaschinken / Salz / 2 EL Olivenöl / 1 TL Weißweinessig

Zubereitung:

1. Die Kartoffeln schälen und in Scheiben schneiden. Die Tomaten und die Lauchzwiebeln waschen und klein schneiden. Die Oliven abtropfen lassen. Den Parmaschinken in Streifen schneiden. Den Knoblauch schälen und hacken.
2. Die Zutaten mischen. Das Olivenöl mit dem Weißweinessig, Pfeffer, Salz sowie dem Knoblauch und den Kräutern verrühren.
3. Den Salat mit dem Dressing verrühren und servieren.

Gemischter Obstsalat

Zutaten für 1 Portion:

2 EL Haselnusskerne / 3 getrocknete Aprikosen / 2 EL Sahne / 5 Erdbeeren / 2 TL Sanddornsaft mit Honig / 2 Scheiben Ananas / 1 TL Zitronensaft / 1 Orange

Zubereitung:

1. Die Trockenfrüchte in Wasser geben und über Nacht darin einweichen lassen. Die Erdbeeren waschen und halbieren. Die Ananas würfeln. Die Orange schälen, die weiße Haut entfernen und in Spalten schneiden. Die Trockenfrüchte ebenfalls klein schneiden.
2. Den Sanddornsaft mit der Sahne sowie dem Zitronensaft verrühren. Das Obst unterrühren und den Obstsalat mit den Haselnusskernen garnieren.

Nudelsalat mediterraner Art

Zutaten für 1 Portion:
Basilikum / 125 g Nudeln / Petersilie / 125 g Cherrytomaten / Pfeffer / 50 g Schafskäse / Salz / 50 g schwarze Oliven / 2 EL Olivenöl / 1 Zwiebel / 2 EL Zitronenessig / 1 Knoblauchzehe / 4 EL Gemüsebrühe / 2 EL Zitronenessig

Zubereitung:

1. Die Nudeln nach Anweisung kochen und abschrecken. Die Zwiebel sowie den Knoblauch schälen und würfeln. Beides unter die Nudeln heben. Die Gemüsebrühe mit Salz, Pfeffer, Olivenöl sowie Zitronenessig mischen. Das Dressing unter die Nudeln mischen.
2. Die Tomaten waschen und halbieren. Den Schafskäse würfeln. Die Kräuter waschen und hacken. Den Nudelsalat mit dem Schafskäse, den Kräutern sowie den Tomaten mischen.
3. Den fertigen Salat im Kühlschrank über Nacht ziehen lassen. Danach servieren.

Nudel-Schinken-Salat

Zutaten für 1 Portion:
2 Petersilienstiele / 125 g Möhren / ½ TL Senf / 40 g Vollkorn-Hörnchen-Nudeln / 1 TL Tomatenmark / Salz / 125 g Magermilchjoghurt / weißer Pfeffer / 40 g Bierschinken / 60 g gefrorene Erbsen

Zubereitung:

1. Die Möhren schälen und klein schneiden. Salzwasser aufkochen und die Nudeln mit den Möhren darin für 8 Minuten garen. Danach die Erbsen hinzugeben und für weitere 2 Minuten garen.
2. Den Bierschinken würfeln. Den Joghurt mit dem Senf sowie dem Tomatenmark mischen. Das Dressing mit Salz sowie Pfeffer würzen. Die Petersilie waschen und hacken. Diese unter das Dressing rühren.
3. Die Nudeln mit dem Gemüse abgießen und abschrecken. Beides abtropfen und abkühlen lassen. Danach den Bierschinken sowie das Dressing untermischen und den fertigen Nudel-Schinken-Salat ziehen lassen.

Lauch-Salat mit Apfel

Zutaten für 1 Portion:
Salz / 100 g Lauch / Pfeffer / 1 saurer Apfel / 2 TL Zitronensaft / ½ Dose Mais / ½ EL Remoulade / 60 g Emmentaler / 150 g saure Sahne / 1 Ei

Zubereitung:
1. Den Lauch waschen und in Ringe schneiden. Salzwasser aufkochen und den Lauch darin blanchieren. Danach den Lauch abschrecken und abtropfen lassen.
2. Den Apfel schälen, entkernen und in Scheiben schneiden. Den Apfel mit dem Lauch mischen. Den Mais waschen und ebenfalls zu dem Lauch geben. Den Emmentaler in Streifen schneiden und unter den Salat mischen.
3. Das Ei hart kochen, pellen und würfeln. Das Ei zu dem Salat geben. Die saure Sahne mit dem Zitronensaft und der Remoulade verrühren. Das Dressing mit Salz und Pfeffer würzen. Den Salat mit dem Dressing mischen und ziehen lassen.

Bunter Eisbergsalat

Zutaten für 1 Portion:
30 g Schafskäse / ½ Kopf Eisbergsalat / Pfeffer / ¼ Salatgurke / Salz / 1 Tomate / 1 TL gehackte Kräuter / ½ grüne Paprika / ½ EL Öl / 1 Zwiebel / ½ TL Senf / 2 schwarze Oliven / 1 EL Weißweinessig

Zubereitung:
1. Den Salat waschen und die Blätter klein zupfen. Die Gurke schälen und klein schneiden. Die Tomate waschen und vierteln. Die Paprika entkernen, waschen und in Streifen schneiden. Die Zwiebel schälen und in Ringe schneiden. Die Oliven entkernen.
2. Den Senf mit dem Essig, dem Öl, den Kräutern, Salz sowie Pfeffer mischen. Den Salat mit den Tomaten, der Gurke und der Paprika vermischen. Darüber die Oliven und Pfeffer geben.
3. Den fertigen Salat mit dem Dressing übergießen und den Schafskäse darüber bröckeln.

Puten-Caesar-Salat

Zutaten für 1 Portion:
2 EL Essig / 125 g Putenschnitzel / 1 TL Senf / 2 Scheiben Vollkorntoast / 1 Eigelb / 2 TL Öl / 30 g Parmesan / Salz / Pfeffer / ½ Kopfsalat

Zubereitung:

1. Das Schnitzel und den Toast in Würfel schneiden. In einer Pfanne 1 TL Öl erhitzen und den Toast darin rösten. Das restliche Öl in einer separaten Pfanne erhitzen und das Fleisch darin anbraten. Danach das Putengeschnetzelte würzen.
2. Den Salat waschen und klein schneiden. Den Parmesan hobeln. Den Senf mit dem Eigelb sowie dem Essig mischen. Das Dressing mit Salz und Pfeffer würzen.
3. Den Salat mit dem Toast sowie dem Geschnetzelten und dem Dressing mischen.

Lachssalat

Zutaten für 1 Portion:
3 Kerbelzweige / 50 g gemischte Salatblätter / 1 ½ EL Olivenöl / 2 Radieschen / 1 Msp. Senf / 1 Rote Bete Knolle aus dem Glas / ¼ TL Honig / 100 g Lachsfilet / 1 EL Balsamico-Essig / Salz / 1 Schalotte / Pfeffer / 1 TL Sonnenblumenöl / 1 EL Sesam

Zubereitung:

1. Den Salat waschen und klein schneiden. Die Radieschen waschen und in Scheiben schneiden. Die Rote Bete abtropfen lassen und vierteln. Den Lachs waschen, abtrocknen und würzen. Danach den Lachs in dem Sesam wälzen.
2. Das Sonnenblumenöl erhitzen und den Lachs darin von jeder Seite für 3 – 4 Minuten anbraten. Danach aus der Pfanne nehmen. Die Schalotte schälen und würfeln. Diese mit dem Senf, dem Honig, Salz, Pfeffer sowie dem Essig verrühren. Das Olivenöl unterschlagen. Den Kerbel waschen und abtrocknen. Etwas zur Seite legen und den restlichen Kerbel hacken. Diesen unter das Dressing mischen.
3. Die Zutaten für den Salat anrichten und das Dressing darüber träufeln. Den Lachs in Scheiben schneiden und über den Salat geben. Darüber den restlichen Kerbel streuen.

Fruchtiger Feldsalat mit Kochschinken

Zutaten für 1 Portion:
Etwas Petersilie / 100 g Feldsalat / Pfeffer / 70 g Orange / Salz / 20 g Kochschinken / Senf / 4 EL Kräuteressig / 1 EL Walnussöl

Zubereitung:

1. Den Feldsalat waschen und abtropfen lassen. Die Orange schälen, das Weiße entfernen und die Orange klein schneiden. Die Orange mit dem Feldsalat mischen.
2. Aus dem Öl und dem Essig mit den Gewürzen ein Dressing herstellen. Den Senf einrühren und über den Salat gießen.
3. Die Petersilie waschen, hacken und den Salat damit garnieren.

Champignon-Zucchini-Salat

Zutaten für 1 Portion:
Dill / 100 g Champignons / Petersilie / 20 g Zucchini / Essig / 10 g Zwiebel / Salz / 20 g saure Gurke / 1 TL Olivenöl

Zubereitung:

1. Die Champignons waschen und in Scheiben schneiden. Die saure Gurke in Stifte schneiden. Die Zucchini waschen und ebenfalls in Stifte schneiden. Die Zwiebel schälen und würfeln. Die Kräuter waschen und hacken.
2. Alle Zutaten mischen und den Salat im Kühlschrank für 2 Stunden abgedeckt ziehen lassen. Den Salat anrichten und servieren.

Hühnchen-Salat

Zutaten für 1 Portion:
30 g gegrilltes Hühnerfleisch / 1 Eisbergsalat / 30 g gekochter Schinken / 1 Tomate / Brunnenkresse / 1 Gurke / 3 Radieschen / Pfeffer / Öl / Salz / Weinessig / 1 TL Senf / 10 g Sahne / ½ Knoblauchzehe / 1 TL Schnittlauch

Zubereitung:

1. Den Eisbergsalat waschen und klein schneiden. Wasser aufkochen und die Tomate damit übergießen. Die Tomate häuten und das Fruchtfleisch in Achtel schneiden. Die Gurke waschen und in Scheiben schneiden.
2. Das Öl mit dem Senf verrühren. Die restlichen Zutaten hinzugeben und mischen. Den Salat ziehen lassen und auf einem Teller anrichten.
3. Die Radieschen, den Schinken und das Hühnerfleisch darüber geben und den Salat mit der Brunnenkresse garnieren.

Endiviensalat mit Grapefruit

Zutaten für 1 Portion:
2 EL Orangensaft / ½ Grapefruit / Salz / 100 g Endiviensalat / Pfeffer / 100 g Fenchel / Süßstoff / 3 EL Weißweinessig / 1 EL Mandelblättchen

Zubereitung:

1. Die Grapefruit schälen und die Filets herausschneiden, dabei den Saft auffangen. Den Grapefruitsaft mit Orangensaft, Essig, Salz, Süßstoff sowie Pfeffer mischen. Das Dressing abschmecken.
2. Den Endiviensalat waschen und klein schneiden. Den Fenchel halbieren, den Kern entfernen und in Streifen schneiden.
3. Den Endiviensalat mit der Grapefruit und dem Fenchel mischen. Darüber das Dressing geben. In einer Pfanne die Mandelblättchen rösten und über den Salat streuen.

Gurken-Schafskäse-Salat

Zutaten für 1 Portion:
Pfeffer / ½ Salatgurke / 1 TL Oregano / 1 grüne Paprikaschote / 5 schwarze Oliven / 2 Tomaten / 2 EL Olivenöl / 1 Zwiebel / ½ TL Salz / 75 g Schafskäse / 2 EL Weinessig

Zubereitung:
1. Das Gemüse waschen. Die Gurke und die Tomaten in Würfel schneiden. Die Paprika entkernen und in Streifen schneiden. Die Zwiebel schälen und in Ringe schneiden.
2. Die Zwiebel mit der Gurke, der Tomate sowie der Paprika mischen. Den Schafskäse würfeln und mit dem Salat sowie den Oliven mischen.
3. Das Essig mit dem Olivenöl sowie Salz und Pfeffer mischen. Danach den Oregano unterrühren und das Dressing über den Salat geben. Den fertigen Salat vor dem Servieren für 60 Minuten ziehen lassen.

Gemüse-Mango-Salat

Zutaten für 1 Portion:
2 EL Salatkräuter / 1 Pck. gefrorenes Balkangemüse / Salz / ½ gebratenes Hähnchen / 3 EL Kondensmilch / 200 g Edamer / 2 EL Mango-Soße / 2 EL Mayonnaise

Zubereitung:
1. 2 Tassen Wasser aufkochen und das Gemüse darin für 10 Minuten kochen lassen. Das fertige Gemüse abtropfen lassen und abschrecken.
2. Die Haut des Hähnchens entfernen und das Fleisch von den Knochen entfernen. Danach das Hähnchenfleisch würfeln. Den Käse in Streifen schneiden.
3. Die Mango-Soße mit der Mayonnaise, der Kondensmilch und den Salatkräutern mischen. Das Dressing mit Salz abschmecken und über den Salat geben.

Tomatensalat

Zutaten für 1 Portion:
Zucker / 2 Frühlingszwiebeln / weißer Pfeffer / 200 g Tomaten / Salz / 3 EL Maiskörner aus der Dose / ½ TL mittelscharfer Senf / 50 g Käsestifte / 1 EL Aceto Balsamico / 1 Scheibe Weizenvollkorntoast / 2 EL Olivenöl / 1 Knoblauchzehe

Zubereitung:

1. Die Frühlingszwiebeln waschen und in Röllchen schneiden. Die Tomaten waschen und in Spalten schneiden. Diese mit der Frühlingszwiebel mischen. Die Maiskörner abtropfen lassen und zu den Tomaten geben. Danach den Käse unterheben.
2. Den Balsamicoessig mit dem Olivenöl, Zucker, Senf, Salz
3. und Pfeffer mischen. Den Salat mit dem Dressing mischen und anrichten.
4. Den Toast rösten. Den Knoblauch schälen und das Toastbrot damit einreiben. Den Toast würfeln und über den Salat streuen.

Auberginen-Walnuss-Salat

Zutaten für 1 Portion:
Petersilie / 1 Aubergine / Salz / 1 Zwiebel / Pfeffer / 1 EL Walnüsse / 2 EL Essig / 1 Knoblauchzehe / 4 EL Olivenöl / 1 TL Senf

Zubereitung:

1. Die Aubergine waschen und mehrfach einstechen. Danach die Auberginen in Alufolie wickeln und für 30 Minuten bei 175 °C backen. Die Aubergine schälen und das Fruchtfleisch würfeln. Danach die Aubergine mit Salz sowie Pfeffer würzen.
2. Aus dem Olivenöl, dem Essig sowie dem Senf ein Dressing zubereiten. Dieses über die Auberginen geben. Die Zwiebel sowie den Knoblauch schälen und würfeln.
3. Die Walnüsse unter den Salat mischen und diesen für 2 Stunden ziehen lassen. Vor dem Servieren den Salat mit Salz, Petersilie sowie Pfeffer abschmecken.

Kürbis-Apfel-Salat

Zutaten für 1 Portion:

1 EL Apfelessig / 175 g Kürbis / 1 EL Nussöl / ¼ roter Apfel / ¼ Zitrone / 15 g gehackte Nüsse

Zubereitung:

1. Die Zitrone auspressen und den Saft auffangen. Den Apfelsaft mit dem Zitronensaft sowie dem Öl verrühren.
2. Den Kürbis schälen, entkernen und das Fruchtfleisch raspeln. Dieses unter das Dressing mischen. Den Apfel waschen, entkernen und in Stifte schneiden.
3. Den Apfel zu dem Salat geben und mit den Nüssen garnieren.

Cremiger Lauchsalat

Zutaten für 1 Portion:

½ Stange Lauch / 150 g Crème fraîche / Salz / 1 hartgekochtes Ei / 1 Bund Petersilie

Zubereitung:

1. Den Lauch waschen. Das weiße des Lauchs klein schneiden. Dieses mit Salz bestreuen und für 15 Minuten ziehen lassen.
2. Die Crème fraîche mit dem Lauch mischen. Das Ei zerkleinern. Die Petersilie waschen und hacken. Beides über den Salat geben und anrichten.

Rucola-Tomaten-Salat

Zutaten für 1 Portion:
1 EL Olivenöl / 1 Handvoll Rucola-Salat / 2 EL Pinienkerne / 20 g gehobelter Parmesan / 5 EL Balsamicoessig / 2 Tomaten / 2 EL Honig

Zubereitung:

1. Den Rucola waschen. Die Tomaten waschen und würfeln. Den Salat mit dem Parmesan sowie den Tomaten mischen. Den Balsamicoessig mit dem Honig verrühren.
2. Das Dressing über den Salat geben. Olivenöl in einer Pfanne erhitzen und die Pinienkerne darin rösten.
3. Den Salat anrichten und mit den Pinienkernen garnieren.

Lauwarmer, grüner Salat

Zutaten für 1 Portion:
10 g gehobelter Parmesan-Käse / 200 g zarter Blattspinat / 1 EL Preiselbeeren / 1 Zwiebel / 1 – 2 EL Mascarpone / 1 Feige / Pfeffer / Apfelessig / Salz / 120 g Hähnchenleber / 2 TL Butter / 1 EL Mehl / 1 Scheibe Toastbrot

Zubereitung:

1. Den Spinat waschen. Die Zwiebel schälen und in Ringe schneiden. Die Feige in Viertel schneiden. Diese Zutaten mischen und mit etwas Essig abschmecken.
2. Die Hähnchenleber waschen und in Mehl wenden. Das Toastbrot in Dreiecke schneiden. In einer Pfanne 1 TL Butter erhitzen und den Toast darin rösten. Dieses aus der Pfanne nehmen. Die restliche Butter darin schmelzen und die Hähnchenleber darin für 6 – 8 Minuten braten. Die Leber mit Salz sowie Pfeffer würzen und über dem Salat verteilen.
3. Die Preiselbeeren mit der Mascarpone mischen. Den Salat anrichten, mit dem Parmesan bestreuen und mit der Salatsoße garnieren.

Paprika-Rindfleisch-Salat

Zutaten für 1 Portion:
Pfeffer / 50 g Rindfleisch / Salz / 100 g Paprikaschote / Essig / 1 Ei / 10 g Zwiebeln / 50 g Tomaten / 1 TL Öl

Zubereitung:

1. Salzwasser aufkochen und das Rindfleisch darin garen. Danach in dem Wasser abkühlen lassen. Das Rindfleisch in Streifen schneiden. Das Ei hart kochen und würfeln. Die Paprika entkernen, waschen und in Streifen schneiden. Wasser aufkochen und die Tomaten damit übergießen. Danach die Tomaten häuten und das Fruchtfleisch würfeln. Die Zwiebel schälen und würfeln.
2. Den Essig mit 2 EL Rinderbrühe, Öl, Salz und Pfeffer verrühren. Die Salatzutaten mischen. Das Dressing über den Salat geben und für 2 Stunden ziehen lassen.

Radicchio-Champignon-Salat

Zutaten für 1 Portion:
1 TL Kapern / 1 Kopf Radicchio / 1 Prise Zucker / 1 Frühlingszwiebel / Pfeffer / 50 g Champignons / Salz / 6 Cocktailtomaten / 2 EL Sherryessig / 100 g Putenbrust / 2 EL Sonnenblumenöl / grober Pfeffer

Zubereitung:

1. Den Radicchio waschen und in Streifen schneiden. Die Frühlingszwiebel klein schneiden. Die Champignons waschen und in Scheiben schneiden. Die Putenbrust in Streifen schneiden.
2. Öl in einer Pfanne erhitzen und die Putenbrust darin für 2 – 3 Minuten anbraten. Das Öl mit dem Essig sowie Zucker, Salz und Pfeffer vermischen.
3. Den Radicchio mit dem Gemüse sowie den Tomaten und dem Putenfleisch anrichten. Darüber die Kapern streuen und das Dressing darüber träufeln. Zum Schluss den Salat mit dem groben Pfeffer bestreuen.

Salat mit Apfel-Frischkäse

Zutaten für 1 Portion:
Oregano / 80 g gemischter Salat / Aceto Balsamico / 1 EL Weinessig / 1 Ziegenfrischkäse / 2 EL Olivenöl / 1 Scheibe Apfel / 1 TL gehackte Schalotte / 1 EL Butter / Salz / Pfeffer

Zubereitung:

1. Den Salat waschen. Den Weinessig mit den Schalotten, dem Öl, Salz sowie Pfeffer mischen. Den Salat dazugeben und vermischen. Danach den Salat anrichten.
2. In einer Pfanne Butter schmelzen lassen und den Apfel darin unter Wenden kurz anbraten. Den Frischkäse auf einer Seite dünsten und den Apfel darauflegen.
3. Den Frischkäse mit dem Apfel auf den fertigen Salat geben und mit dem Aceto Balsamico garnieren. Darüber den Oregano streuen und den Salat servieren.

Desserts

Blaubeerkuchen

Zutaten für 2 Portionen:
200 g Blaubeeren/200 g laktosefreie weiße Schokolade/1 Pck. Vanillezucker/100 g Reismehl/4 Eier/100 g Nüsse/150 g laktosefreie Butter/4 EL Traubenzucker/<u>Optional:</u> 50 g Zartbitterschokoloade

Zubereitung:

1. Die Butter zusammen mit der weißen Schokolade schmelzen. Danach den Zucker, die Nüsse und das Mehl untermischen. Anschließend die Eier hinzugeben und alles zu einem glatten Teig verrühren. Zum Schluss die Blaubeeren unterheben. Den fertigen Teig auf ein Backblech geben. In dem vorgeheizten Backofen den Kuchen bei 160 °C für 10-20 Minuten backen.
2. Den fertigen Kuchen in kleine Quadrate schneiden und mit der geschmolzenen Zartbitterschokolade verzieren.

Himbeer-Erdmandel Macarons

Zutaten für 2 Portionen:
den Abrieb einer Zitrone/120 g Erdmandelflocken/1 Prise Salz/100 g Puderzucker/2 Eiweiß71 TL Natron
<u>Für die Füllung:</u> 1 EL Himbeermarmelade/100 g vegane weiße Erdmandelschokolade/50 g laktosefreie Butter/80 g Himbeeren

Zubereitung:

1. Die Erdmandelflocken mit dem Puderzucker, dem Natron, dem Salz und dem Zitronenabrieb vermischen. Das Eiweiß zu Eischnee schlagen und unter die Erdmandelflockenmischung heben. Den fertigen Teig in eine Spritztüte geben und ca. 5 Cent große Kreise auf ein Backblech spritzen.
2. In dem vorgezeigten Backofen das Ganze für ca. 10 Minuten bei 180 °C backen.
3. In der Zeit die Schokolade mit der Butter schmelzen. Die Himbeeren und die Himbeermarmelade hinzugeben und alles pürieren. Das Püree im Kühlschrank so lange kühlen, bis eine spritzfeste Masse entstanden ist.
4. Die Kreise aus dem Ofen nehmen und für 20-30 Minuten auskühlen lassen. Zum Schluss die gekühlte Himbeermasse in eine Spritztüte füllen und die Masse jeweils auf jeden zweiten Kreis geben. Die leeren Kreise werden auf die Himbeermasse gegeben.

Schokoladen Riegel

Zutaten für 2 Portionen:
Schaler einer Orange/1 Tasse Haferflocken/1/2 Tasse Erdnüsse/1 Tasse gepuffter Amarant/140 g dunkle Schokolade/1 Tasse gepufftes Popcorn

Zubereitung:

1. In einem Wasserbad die Schokolade schmelzen. Das Popcorn und die Erdnüsse etwas zerkleinern. In einer Schüssel alle Zutaten miteinander vermischen. Danach die geschmolzene Schokolade darüber gießen. Alles gut miteinander vermischen.
2. Auf ein Backpapier die Schokoladenmasse verteilen und ein zweites Backpapier darüber legen. Anschließend die Masse etwas flach drücken. Zum Schluss kommt das Ganze über Nacht in den Kühlschrank. Am nächsten Tag die Schokoladenmasse in kleine Portionen schneiden.

Früchte-Quark

Zutaten für 1 Portion:
eine Handvoll Erdbeeren, Himbeeren und Heidelbeeren/150 g laktosefreie Joghurt/1-2 EL Ahornsirup/100 g laktosefreie Quark

Zubereitung:

1. Zuerst die Beeren waschen und halbieren. Danach die Beeren mit dem Quark, dem Ahornsirup und dem Joghurt vermischen. Dabei die Himbeeren leicht aufdrücken.

Zitronen-Limonen-Tarte

Zutaten für 1 Tarte:
Für den Boden:
125 g kalte Butter/100 g Reismehl/2 TL Zitronenschale/45 g Kartoffelmehl/100 ml Ahornsirup
Für die Zitronen-Limonen-Schicht: 3 EL Reismehl/3 Eier/1 TL geriebene Zitronenschale/150 ml Ahornsirup/3 EL Limonensaft/3 EL Zitronensaft

Zubereitung:

1. Den Backofen auf 160 °C vorheizen. Mit Backpapier einer runden Kuchenbackform auslegen und die Ränder etwas einfetten.
2. In einer Schüssel das Kartoffelmehl, das Reismehl, den Ahornsirup und die Zitronenschale verrühren. Nach und nach die Butter hinzufügen, bis die Masse relativ fest ist. Den fertigen Teig in die Kuchenbackform geben und mit einem Löffel gleichmäßig verstreichen. Zum Schluss die Backform für ca. 15 Minuten in den Backofen geben, bis dieser eine leicht braune Farbe angenommen hat.

New York Käsekuchen

Zutaten für 1 Kuchen:
300 ml laktosefreie Sahne/200 g glutenfreie Butterkekse/4 Eier/7 EL Butter/2 TL Maisstärke/375 g laktosefreien Frischkäse/2 TL geriebene Zitronenschale/375 g laktosefreien Quark/2 TL Vanilleextrakt/200 g feiner Zucker

Zubereitung:

1. An den Seiten eine runde Kuchenbackform einfetten. Den Boden mit Backpapier auslegen. Die Butterkekse zerbröseln und diese mit der geschmolzenen Butter vermischen. Die Butterkeksmasse in die Kuchenform geben und diese auf dem Boden und etwas am Rand festdrücken. Das Ganze für 1 Stunde in die Gefriertruhe geben.
2. Den Ofen auf 160 Grad vorgeheizt.
3. Frischkäse, Quark, Zucker, Vanille, Zitronenschalen und Maisstärke werden mit dem Rührgerät zu einer glatten Masse verrührt. Anschließend nach und nach die Eier in die Masse schlagen. Nun die laktosefreie Sahne untergeschlagen. Die Masse auf den kalten Boden verteilen und für 80 – 90 Minuten gebacken. Anschließend den Kuchen für zwei Stunden im ausgeschalteten Ofen mit leicht geöffneter Ofentür ruhen lassen.

Mandelmus-Muffins

Zutaten für ca. 12 Muffins:
1 TL glutenfreies Backpulver/2 große, reife Bananen/100 ml laktosefreie Milch/225 g Haferflocken/2 Eier/60 ml Ahornsirup/2 EL Mandelmus

Zubereitung:

1. Den Backofen auf 180 °C vorheizen.
2. Jetzt die Bananen zerdrücken und diese in eine Schüssel geben. Die Eier trennen. Danach die Eigelbe mit der Milch, dem Mandelmus und dem Ahornsirup zu den Bananen geben. Mit einer Gabel alles vermischen, bis eine gleichmäßige Masse entsteht.
3. In einer extra Schüssel die Haferflocken und das Backpulver mischen. Dazu die Banane-Eiermasse geben und nochmals kurz verrühren.
4. In einer weiteren Schüssel die Eiweiße zu einem Eischnee aufschlagen. Dieses vorsichtig unter die Bananenmasse heben. Den fertigen Teig auf die Muffinförmchen verteilen. Alles bei 180 °C für 20 Minuten backen. Damit die Muffins nach dem Backen nicht zusammenfallen, diese nach der Backzeit kurz im Backofen stehen lassen.

Rhabarber-Himbeer Kompott

Zutaten für 4 Portionen:
das Mark einer Vanilleschote/750 g Rhabarber/160 g Zucker/250 g Himbeeren

Zubereitung:

1. Den Rhabarber schälen und in kleine Stücke schneiden. Diesen in einem Topf geben und kurz aufkochen lassen. In der Zeit aus der Vanilleschote das Mark kratzen. Sobald genügend Flüssigkeit durch den Rhabarber gebildet ist, das Vanillemark, die Himbeeren und den Zucker zu dem Rhabarber geben. Nochmals alles kurz aufkochen lassen und für 10 Minuten bei mittlerer Hitze köcheln lassen. Zum Schluss das Ganze mit einem Kartoffelstampfer grob zerkleinern. Wenn die Masse abgekühlt ist, kann das Kompott serviert werden.

Zitronenschnitten

Zutaten für 8 Portionen:
Für den Boden:
170 g sehr weiche Butter/180 g glutenfreies Mehl/60 g Puderzucker
Für die Füllung:
2-3 TL Zitronenabrieb/4 Eier/330 Zucker/180 ml Zitronensaft

Zubereitung:

1. Zuerst den Backofen auf 190 °C vorheizen. Die Butter, das Mehl und den Puderzucker zu einem Teig verarbeiten. Diesen Teig in eine quadratische Backform heben und für ca. 20 Minuten im Backofen backen. Der Boden sollte leicht gebräunt sein.
2. In der Zeit für das Topping das Mehl, den Zucker und die Eier miteinander verrühren. Danach den Zitronenabrieb und den Zitronensaft hinzugeben. Alles gut miteinander verrühren.
3. Jetzt den Boden aus dem Backofen nehmen und diesen für 5 Minuten abkühlen lassen. Die Eiermasse über den Boden geben und das Ganze für 15-20 Minuten backen. Die Zitronenschnitten sind fertig, sobald die Ecken leicht braun sind. Die fertigen Schnitten nach dem Backen für 15 Minuten auskühlen lassen und mit Puderzucker bestreuen.
4. Das Ganze nochmals 10 Minuten abkühlen lassen und anschließend in Portionen schneiden.

Rote-Grütze-Kuchen

Zutaten für 1 Blech:
Für den Teig:
1 Pck. Backpulver/200 g Sahne/300 g glutenfreies Mehl/4 Eier/1 Prise Salz/250 g Zucker/1 TL Zitroback/1 Pck. Vanillezucker
Für den Belag:
1 kg rote Grütze/125 g Butter/100 g geschälte Leinsamen/4 EL Milch/100 g Mandelblättchen

Zubereitung:

1. Den Backofen auf 200 °C Umluft vorheizen. Ein tiefes Backblech einfetten und diese bemehlen. Die Eier mit der Sahne, 150 g Zucker, dem Zitroback, dem Salz und dem Vanillezucker verrühren. Das Mehl mit dem Backpulver vermischen und portionsweise zu der Sahne-Eier-Mischung geben.
2. Den fertigen Teig auf das Backblech verteilen und für 10 Minuten in dem vorgeheizten Backofen auf der mittleren Schiene backen. In der Zeit die Butter schmelzen lassen. Diese mit dem restlichen Zucker und der Milch verrühren. Das Ganze kurz aufkochen lassen und die Leinsamen sowie die Mandeln unterheben.
3. Auf den fertigen Kuchen zuerst die rote Grütze und danach die Mandel-Masse als Kleckse verteilen. Danach den Kuchen für weitere 20 Minuten backen. Zum Schluss diesen auskühlen lassen und in Stücke schneiden.

Obstsalat mit Mandeljoghurt

Zutaten für 2 Portionen:
2 EL gehackte Mandeln/2 Kiwis/1 EL Birnendicksaft/1 Banane/150 g Joghurt (laktosefrei)/100 g Erdbeeren/2 Orangen/1 Apfel

Zubereitung:

1. Zuerst die Banane und die Kiwi schälen. Den Apfel waschen und das Kerngehäuse entfernen. Die Erdbeeren ebenfalls waschen und die Stielansätze entfernen. Das ganze Obst in gleichgroße Stücke schneiden.
2. Die Orange schälen und dabei die Haut vollständig entfernen. Die Orangenfilets aus den Zwischenräumen trennen und diese halbieren. Dabei den austretenden Saft auffangen. Mit dem Orangensaft den Joghurt und den Birnendicksaft verrühren.
3. Auf zwei Schälchen das Obst verteilen. Dieses mit der Joghurtsauce überziehen. Mit den gehackten Mandeln garnieren.

Schokoladenkuchen

Zutaten für 1 Kuchen:
Puderzucker/170 g Reismehl/170 ml laktosefreie Milch/75 g Maismehl/200 g laktosefreier Johgurt/90 g Kartoffelmehl/1 EL Vanille/70 g Cacaupulver/50 g geschmolzene Butter/2 TL glutenfreies Backpulver/250 g Zucker/1 TL Natron/2 Eier/1 TL Xanthan Gum

Zubereitung:

1. Den Backofen auf 170 °C vorheizen. Eine längliche Kuchenform mit Butter einfetten. In einer Schüssel das Reismehl, das Kartoffelmehl, den Cacau und das Maismehl geben. Natron, das Backpulver und das Xanthan Gum vermischen.
2. In einer extra Schüssel die Eier mit dem Zucker schaumig schlagen. Die geschmolzene Butter nach und nach dazugeben. Danach die Milch sowie den Joghurt mit der Vanille hinzugeben und vermischen.
3. Zu der Eiermasse den Mehlmix geben und für 2-3 Minuten mit einem Mixer vermischen.
4. Den fertigen Teig in die Kastenform geben und für 45-55 Minuten backen. Nach 15 Minuten den Kuchen etwas einschneiden. Nach 30 Minuten diesen mit etwas Alufolie abdecken.

Haftungsausschluss

Auch wenn der Inhalt mit großer Sorgfalt geprüft und erstellt wurde, kann für die Richtigkeit und Gültigkeit keine Garantie übernommen werden. Der Inhalt mit den entsprechenden Informationen in diesem Buch dient nur dem Unterhaltungszweck. Das Buch ist nicht dazu bestimmt in irgendeiner Form einen medizinischen oder professionellen Rat zu ersetzen. Jede Aussage dieses Buches ist aus eigener Erfahrung und/oder aus bestem Wissen getroffen worden. Das Buch beinhaltet allgemeine Strategien und kann nicht als Anleitung verstanden werden. Ob und wie eventuelle Ratschläge in die Tat umgesetzt werden, liegt einzig und allein am Leser dieses Buches. Der Autor haftet nicht für eventuelle Schäden oder nachhaltige Auswirkungen, die in direktem oder indirektem Zusammenhang mit dem Inhalt dieses Buches stehen.

Impressum

 Kontakt: Anderas Reutners c/o Barbara`s Autorenservice Tüttendorfer
Weg 3 24214 Gettorf Covergestaltung: Fiverr.com Coverfoto: Depositphotos.com Taschenbuch wird gedruckt bei: Amazon Media EU S.á r.l., 5 Rue Plaetis, L- 2338, Luxembourg.

Printed in Poland
by Amazon Fulfillment
Poland Sp. z o.o., Wrocław

81382567R00108